La fábula de José

Eliseo Alberto

La fábula de José

ALFAGUARA

LA FÁBULA DE JOSÉ
D.R. © Eliseo Alberto, 1999

ALFAGUARA MR

De esta edición:

D. R. © Aguilar, Altea, Taurus, Alfaguara, S.A. de C.V., 1999
Av. Universidad 767, Col. del Valle
México, 03100, D.F. Teléfono 5688 8966
www.alfaguara.com.mx

- Distribuidora y Editora Aguilar, Altea, Taurus, Alfaguara, S.A.
  Calle 80 Núm. 10-23, Santafé de Bogotá, Colombia.
- Santillana S.A.
  Torrelaguna 60-28043, Madrid, España.
- Santillana S.A.
  Av. San Felipe 731, Lima, Perú.
- Editorial Santillana S. A.
  Av. Rómulo Gallegos, Edif. Zulia 1er. piso
  Boleita Nte., 1071, Caracas, Venezuela.
- Editorial Santillana Inc.
  P.O. Box 19-5462 Hato Rey, 00919, San Juan, Puerto Rico.
- Santillana Publishing Company Inc.
  2043 N. W. 87 th Avenue, 33172, Miami, Fl., E.U.A.
- Ediciones Santillana S.A. (ROU)
  Constitución 1889, 11800, Montevideo, Uruguay.
- Aguilar, Altea, Taurus, Alfaguara, S.A.
  Beazley 3860, 1437, Buenos Aires, Argentina.
- Aguilar Chilena de Ediciones Ltda.
  Dr. Aníbal Ariztía 1444, Providencia, Santiago de Chile.
- Santillana de Costa Rica, S.A.
  La Uraca, 100 mts. Oeste de Migración y Extranjería,
  San José, Costa Rica.

Primera edición: febrero de 2000

ISBN: 968-19-0689-6

Diseño: Proyecto de Enric Satué

D.R. © Ilustración y diseño de cubierta: Rapi Diego

Impreso en México

Índice

Para Patricia Lara Magaña
que me abrió la jaula.

Para papá y mamá.

Ábranse pues las puertas del encierro,
comience el sacrificio, corte el hierro,
a ver si es que la muerte es ya la vida.

ELISEO DIEGO

Primera parte

Sólo errante puedo estar con todos los que amo.

OCTAVIO SMITH

Dios quiera que exista Dios. Por esas tristes cosas de la vida, el domingo 13 de febrero de 1983, víspera de San Valentín, el emigrante José González Alea se vio obligado a matar a un hombre en defensa del amor, que es una legítima manera de matar en defensa propia. Tendría siete mil trescientas noches para olvidar el episodio, y por fin lo lograría, pero durante mucho tiempo no hizo más que recordarlo. Aquel martes, mientras esperaba en su celda la visita del padre Anselmo Jordán, José se propuso sacarle jugo a su mala memoria y en esta ocasión logró el zumo de tres gotas amargas: la sombra de Dorothy Frei (la pequeña Lulú) desdibujada entre los claroscuros de la estancia, los ojos de su muerto en el momento en que él le clavaba una trincha de carpintero y la voz del juez al dictar sentencia. El testimonio de la muchacha hubiera influido en la decisión del jurado, según dijo el abogado de oficio. En apego a derecho, José prefirió proteger la identidad del único testigo que pudo probar su inocencia. Con tal gesto de honor, propio de un caballero de diecisiete años, ilusionado hasta la estupidez, renunció a la libertad y a la juventud. Ahora iba a cumplir treintitrés y no tenía a quien confiar su espanto. Por orden del alcaide, esa mañana le dejaron permanecer en el camastro más horas de lo establecido; después del almuerzo, se quedó en el comedor, sin respetar las voces de salida, y cuando se le acercaron los custodios formuló una petición sorprendente: "Quiero ver a Anselmo", dijo y devolvió la bandeja intacta. Nadie se opuso. Al atardecer, los presos lo oían cantar la misma rumba de siempre, una y otra vez: *Billy the Kid se casó con la pequeña Lulú...* José era cubano. De Atarés, un barrio duro. Los rayos del crepúsculo entraban por la claraboya e iluminaban fragmentos de un mural que él había grabado en la pared. Alrededor de una bahía de boca estrecha se abanicaba una ciudad barrigona, presidida por un Cristo de cal que asomaba el rostro sobre un campo de radares.

José dio un salto y a fuerza de brazos logró alcanzar la claraboya: el sol naranja —y Dorothy Frei a la distancia—. La había visto por primera vez en una discoteca de Caracol Beach, la Nochebuena de 1982: sus senos de dieciocho años cabalgaban bajo una camiseta ligera. Tenía el pelo corto y la nariz finita. El cubano embobeció en treinta segundos de ingrávida contemplación. Apenas pudo decirle unas palabras antes de que escapara en una motocicleta, abrazada a un joven musculoso, y a él le quedó un reconcomio en el cuerpo que nada lograba aplacar, ni los cocimientos de tilo ni las caminatas nocturnas por la playa. Durante un mes y dos semanas la buscó en los antros del balneario, fiesta a fiesta, y vino a encontrarla en una estética unisex de Santa Fe, donde Dorothy trabajaba de peluquera; aquel tropiezo casual resultó la prueba que necesitaba para convencerse de que, por fin, iba a ser feliz. En siete días se hizo cortar el cabello cuatro veces: la última salió del salón rapado como una estrella de los Bulls de Chicago. Su padre, el carpintero Menelao González, tuvo entonces la evidencia más clara de que el muchacho cruzaba un barranco difícil. Cuando un acróbata pajarea de columpio en columpio sin redes de protección, la mejor manera de brindarle ayuda es rezándole a San Telmo, patrono de los viajeros. Eso hizo Menelao. Había memorizado la plegaria en las semanas previas a su fuga de Cuba y se aficionó a sus versos de manera obsesiva. Entre la Navidad y la noche antes de San Valentín, su hijo desatendió el trabajo en la carpintería. Andaba por el limbo. "El Ahorcado te pisa los calcañales", dijo una cartomántica en un café turco y sus predicciones reafirmaron lo visto por las manos del viejo Perucho Carbonell, su padrino de bautizo, a quien consultó en el Asilo Masónico de Santa Fe. Lo encontró en la pérgola de las azucenas, tejiendo unos guantes para el invierno: "Tu piel, muchacho, tiene la temperatura de una iguana." Desde que la diabetes lo dejó ciego, Perucho veía a través de las yemas de los dedos. "Prométeme que harás lo contrario de lo que desees: cuando vayas a decir sí, niégate, si mueres de sueño, desvélate, si te da hambre, chupa naranjas. Todo lo que ansíes, será en tu contra", dijo y guardó el estambre. Al oír los pasos de su ahijado alejándose por el corredor, supo que nada ni nadie podría detener la avalancha de dolor que se le venía encima. No hubo que esperar mucho: distraído por el imán de un sentimiento incontinente y secreto, José daba muestras de que el amor puede desquiciar al hombre en un abrir y cerrar de ojos: unía las patas de las sillas en los estribos de los escaparates y cepillaba los tablones hasta dejarlos del grosor de una cartulina. En una puerta donde debía esculpir un trébol de tres hojas, punteó la caricatura de Tribilín comiéndose un pastel de fresa. "Le zumba el merequetén, hijo: no estás en las nubes ni por las ramas sino por las ramas de las nubes", dijo Menelao: "Un hombre con tus destemplanzas debería dedicarse a construir cunas." En cambio para Regla, la hermana mayor de José, no había dudas: si mojaba zanahorias en el chocolate del desayuno y zurcía los rotos de los pantalones por lo sano y tallaba la letra ele en los cocoteros, era que estaba idiotamente enamorado porque sólo los enamoradamente idiotas salen a la calle con la camisa mal abotonada, la portañuela abierta, el cinturón por fuera de la trabilla y los zapatos fajados, el derecho negro y el izquierdo carmelita.

—Vístete bien, mi hermano. Mira para eso. Pareces un espantapájaros. ¿Qué va a pensar la peluquera? Cuando aterrices en la realidad, te vas a dar tremendo trancazo.

—No me esperen a dormir.

José olía a agua de lavanda.

—Suerte, hijo. ¿Tienes dinero? —dijo Menelao.

Suerte. José conquistó a la pequeña Lulú en los cielos de un cine, donde se las ingenió para adelantar algunas caricias en la loca carrera de ser feliz. Se sentía tan libre en su escondite que se atrevió a amasarle el seno derecho y ya nada pudo frenar las ganas de hacerla su mujer. Su primera mujer. Su primera hombría. Poco se enteraron de los amores indochinos que contaba la película, porque ellos se dedicaron a comerse a besos en la última fila, mientras compartían una bolsa de rositas de maíz. Algunos de los afligidos espectadores deben haberse preguntado por qué esos dos muchachos bailoteaban por el vestíbulo si los protagonistas habían muerto en el Golfo de Tonkín, al sucumbir el junco que los conducía hacia el porvenir. José y Dorothy Frei terminaron de calentar calderas en una banca de Coral Park, cercana a la rotonda de la fuente, y entre jirones de rumbas que el cubano había oído en los bembés de Atarés, se convencieron que el sexo no debía ser un pecado, como pensaba ella, sino tal vez un milagro, como quería él. *Billy the Kid se casó con la pequeña Lulú...*, cantaban. Fue entonces que el castillo en el aire se derrumbó con un vaho de terror. Un borracho pretendió abusar de Dorothy Frei a punta de pistola. Durante el juicio se sabría que se llamaba Wesley Cravan, veintiún años, futbolista americano, sin antecedentes penales, y que desde el mediodía había estado bebiendo en los sótanos de un bar rocanrolero, con la clara intención de ahogar un suplicio que nunca se pudo descifrar. Ya daba igual, al menos para Wesley Cravan, porque en el momento del asalto fue tanto el miedo que José le hundió cuatro veces la trincha de carpintero. El quarterback ganó un par de yardas y se tumbó tras un rosal, bocarriba. Tenía ojos de sapo. José le tiró la chamarra en la cara. Lulú temblaba.

La primera reacción del muchacho fue borrarse pero un segundo pavor se alojó en su cuerpo. Sabía que huir es caminar hacia atrás, de espalda a la pared: tarde o temprano se termina el muro y no se puede retornar. José llevó a la pequeña Lulú hasta una parada de ómnibus y le dio sin saberlo el que sería el vigésimo sexto y definitivo beso de sus labios. Lulú aplastó la nariz contra la ventanilla. José hizo dos llamadas desde un teléfono público, una a su padre y otra a los servicios de urgencias de la ciudad. En casa no respondieron. "¡Despierta, papá!" A los diez minutos arribaron las ambulancias —más la lluvia, que todo lo desnuda—. Los paramédicos encontraron el atlético cadáver de Wesley Cravan y una chamarra manchada de sangre. "Es mía", dijo José y avanzó entre los sauces llorones: "También el arma." Las esposas estaban menos frías que sus manos. En la estación de policía dijo la verdad que recordaba: contó cuánto se le había estreñido el alma al sentir la Colt 45 remachada entre ceja y ceja como un mal pensamiento, confesó haber clavado la herramienta hasta el mango de madera una, dos, tres, cuatro veces, pero cuidó de no revelar el nombre de la muchacha, asumiendo la absoluta responsabilidad del caso. A pregunta de los investigadores, trató de explicar por qué siempre llevaba una trincha en la chamarra. La secretaria de actas equivocó el dictado y donde debía decir trincha escribió puñal; sobre ese error basó su defensa el incompetente criminalista Spencer Lund, abogado de oficio, al alegar que los miembros del jurado considerarían a su cliente un pedestre pandillero y no un joven aprendiz de carpintería que tallaba la letra ele en todos los cocoteros de Caracol Beach. José fue condenado a veinte años de cárcel. Ya no supo de la pequeña Lulú, salvo en sueños. No hubo peor castigo que el olvido.

En ciertas circunstancias la memoria es una forma de ternura. Entonces se llama nostalgia. Hay hombres que no saben qué hacer con ella. José, por ejemplo. Quince años después del crimen, y obligado a tomar una decisión que habría de cambiarle la vida, se sintió indefenso. Volvió a escuchar los tambores del guaguancó habanero: la pequeña Lulú no tenía rostro. José la había gastado al desearla noche tras noche bajo la cobija, en una suerte de tienda de campaña que armaba sobre el arco cruzado de las piernas. Allí se dejaba invadir por sus morosas masturbaciones. Cada jornada se le hacía de tortuga, por mucho que intentase entretener con rutinas de náufrago las ansias de su noviazgo funeral. Al apagarse las luces de los cuarteles tomaba posesión de sus antojos. Le prestaba las manos. Dorothy Frei lo seducía, lo amansaba. La imagen fue perdiendo primero la barbilla, al menos la precisión angular de la quijada, luego los dientes, la boca y el arco de las cejas, ¿acaso tupidas?; la mirada, más que los ojos, resistió los sucesivos abusos de la desesperanza, hasta que aquel amor terminó convertido en puro rencor. De ella sólo recordaba el pelo corto y su nariz finita, y así la grabó en el mural de la celda: es la muchacha que pasea a la sombra de un palmar que nunca ha existido en el malecón habanero —donde el sol se pone por el horizonte y no detrás de los radares del Instituto de Meteorología, como José moldeó de memoria—. Porque su memoria era un enredo colosal: cien millas lo separaban de su isla, perdida para siempre en la desangelada niebla de la infancia. El grabado reproducía un mundo engañoso que relacionaba sitios de Atarés con rincones de Key Biscayne y de Santa Fe, sin criterio lógico o geográfico. Donde crece el desarrollo urbano de Alamar, hacia las playas del este, emergía el balneario de Caracol Beach; Brickell Avenue terminaba abruptamente en el Paseo del

Prado y tenía leones de bronce en cada esquina. Coral Park se prolongaba hasta lo que sería el Parque de la Fraternidad, formando un mismo bosque de sauces llorones, y junto a edificios tan reconocibles como el Focsa, el Capitolio Nacional o la raspadura de la Plaza de la Revolución, se levantaban el Hotel Fontainebleau y el Freedom Tower, la antigua aduana art nouveau que cobijó a los primeros cubanos del exilio. De repente, se acordaba de otro paisaje, el monumento al general Antonio Maceo, quizás la casa de un amigo o el estadio de pelota del Cerro, y les procuraba espacios eclécticos, con lo cual adaptaba la realidad al arbitrio de sus confusiones. El Café Esther's abría sus puertas en la Manzana de Gómez, pero la Manzana de Gómez no quedaba en Neptuno y Zulueta, contra esquina del restorán El Floridita, sino a las orillas de Fort Lauderdale. José había alucinado un mapa-mural donde se reparaban yates de millonarios en los astilleros de Casablanca y las chimeneas de Tallapiedra humeaban sobre Haileah, no en la barriada de Melones, y el taller de Menelao colindaba con la heladería Coppelia, y un freeway de catorce carriles unía la calle 8, en Miami, y el Túnel de La Habana, sobrevolando en una curva angulosa al Cristo de piedra que, desde el pedestal, parecía dispuesto a perdonar a sus hijos pródigos. El sol naranja se hundió en el horizonte. José soltó los barrotes y se dejó caer. Gateó hasta el camastro. El padre Anselmo Jordán se demoraba un siglo. Pronto encenderían las bombillas eléctricas.

Un ex convicto, Ruy el Bachiller, falsificador de pasaportes, escribiría en un libro de memorias ingratas que algunos fines de semana un perfume de mujer inundaba la galera: "fragancias de barbería", dice en chanza. Supuso, sin pruebas, que el cubano había seducido a Galo Lautier, alias la Gata, un cortabolsas de Martinica predestinado a reinar en esa colmena de zánganos brutales. Lo cierto es que José dejó de ser José.

Estaba aburrido de sí mismo. Se negó a responder las cartas de su padre. Vivía sin aliento. Al renunciar a su propia dignidad aprendió a abusar de los débiles y a disfrutar del vicio como virtud; olvidó el valor de la bondad, la nobleza del perdón, la utilidad del sacrificio. Pronto destronó al fascista Lee Shelton en el liderazgo de la banda más peligrosa del penal. Por esas fechas le empezaron a llamar Pepe Kid. Muchos reos huían de su presencia. La violencia contamina. Cuando terminó de cometer locuras (huelgas de hambre, insubordinaciones, tres conatos de fuga) su hoja de delitos había crecido tanto que el juez sumó treinta años a su condena. El día que se confirmó la sentencia, Perucho Carbonell fue caminando desde el Asilo Masónico hasta la Cárcel Estatal y pidió ver a su ahijado. José se negó a recibirlo, pero en una segunda ronda de preguntas y respuestas personales, algo le hizo temer que ése sería el último encuentro entre ellos y acudió a la cita, descalzo. En la sala, no ocupó la silla de los reos sino que se mantuvo contra la pared para aprovechar la ventaja que le daba la ceguera de su padrino. "Es un tareco", pensó José. Lo observaba en silencio: quería aprenderse al viejo de memoria. Nunca lo había visto tan canoso, ¿o sería que el cabello largo y descuidado resaltaba el blanco polar de la pelambre? Dos surcos profundos le araban las mejillas. La frente, un río de arrugas verdes. Por bastón, un palo de guayaba. La camisa caqui, cerrada al cuello. Tirantes. En el bolsillo, un lápiz. Sus espejuelos terminaban en puntas, como gafas de mujer, y resultaban muy claros para ocultar aquellos ojos muertos que un día fueron visionarios. "Sé que estás ahí, no me engañas", dijo al rato el masón: "Te huelo, y es un olor a azufre el que respiro. Pinta tu raya. No renuncies a la vida." Perucho estuvo media hora trás el cristal, tejiendo una bufanda. Silbaba una melodía que, cantada, narra la historia de un desencuentro: *No me preguntes por qué estoy triste porque eso nunca te lo diré, mis alegrías las compartiste, pero mis penas no, ¿para qué?...* "Hijo, ¿por qué escapas?, si no era para ti esta bufanda", dijo Perucho al marcharse, recargado en la vara —y ante el peso de tantos años, la rama, aunque dura, se doblaba—. José no volvió a recibir visitas.

Galo fue el único que se atrevió a seguir junto al cubano y de eterno pretendiente pasó a convertirse en guardaespaldas. Quizás los términos sean inexactos. La valentía o la fidelidad no bastan para explicar su comportamiento de escudero medieval, a la manera de un Sancho esbelto, siempre a la orden de otro Quijote desquiciado. Habría que poner en la balanza la necesidad de un ídolo que se padece en la juventud, en especial cuando esas edades se gastan en un basurero tan inhóspito como un reclusorio de alta seguridad, rodeado de asesinos, violadores, narcotraficantes y alguno que otro justo sin suerte. José no se burlaba de sus coloretes a lo Naomi Campbell ni de su traviesa forma de mover las nalgas de guisantes ni de su cabellera hoy azul y mañana cobriza. Ruy reconoce el valor utilitario de aquella relación. Galo rebosaba ganas de vivir en su enjuto cuerpo, mas era, él mismo lo diría en una carta rabiosamente triste, "un jabón en el suelo del baño". Quien haya estado preso entiende el terrible significado de esa frase.

La soledad mal resuelta puede ser una experiencia corrosiva. El hombre queda en el vórtice de su propio huracán, cercado por las visiones de un mundo exterior, siempre centrífugo, del que llegan fragmentos volátiles, voces distorsionadas, rostros pasajeros. Dicho en otras palabras: la soledad semeja un parque de diversiones donde todos los aparatos están en funcionamiento (los carros locos, la rueda de la estrella, los patos en los carriles del tiro al blanco, los vagones de la montaña rusa), pero no hay un alma en los carruseles. Los algodones de azúcar, en el torno de la máquina, se inflan hasta inundar el parque. José no lo sabía: nadie se lo dijo. Aprendió a palos. ¡Oh!, pequeñísima, invisible Lulú. *Billy the Kid se casó*... Cantar era la única forma permitida de recuerdo. Los ecos multiplicaban la rumba por los pabellones.

—Perdón por la demora —dijo el padre Jordán al entrar en la celda, acompañado por Morante, el custodio de la galera. Había anochecido—. Dicen que quieres hablarme. ¿Qué pasa, hijo?

—¿Que qué pasa? —José bajó la cabeza y maceró unos murmullos. Cuando alzó la frente, dijo—: Hablemos de putas, ¿no? —Rió. Morante también rió. Anselmo los dejó chacotear hasta que se les acabó la cuerda. El cubano fue botando palabras entre carcajadas salivosas. Tartamudeaba—. Usted creerá que soy un perfecto hijo de perra. Y tiene razón.

—Yo lo confirmo, padre —dijo Morante.

—Te equivocas, José. Conozco el tono. Tu desfachatez esconde un gato asustado.

José hizo una mueca patética.

—No estoy asustado.

—Entonces, ¿por qué pestañeas seguido? —ripostó el sacerdote.

Morante se disculpó: debía terminar un crucigrama. Se alejó por el corredor. Con el lomo de una revista iba tocando el vibráfono de los barrotes, celda a celda.

—Tómate tu tiempo, José. Yo también soy un cabrón.

Los dominios parroquiales del padre Jordán abarcaban puntos neurálgicos de Santa Fe: la Cárcel Estatal, un manicomio privado, unos estudios de cine pornográfico y el coliseo de los deportes, un circo de aluminio que podía convertirse en palenque para brindar carteles de boxeo. En diez años de misión apostólica había escuchado las perversiones más desmesuradas que pueda soñar un clérigo, y hasta los jerarcas de la nunciatura le reconocieron en su hoja de servicios comunitarios hazañas cercanas a la santidad. Había perdonado las deudas de ocho condenados a muerte, tenía infinita paciencia para escuchar los delirios persecutorios de sus enfermos vesánicos, había atendido en artículo mortis a dos ex campeones de peso completo y a varios de los vagabundos que bebían alcanfores envenenados bajo los puentes de los freeways, y aunque la mayoría de los católicos en Santa Fe lo veneraban por su espiritualidad a prueba de desengaños, también temían a sus pulgas. Pulgas andaluzas para más señas. A su firme vocación de servicio sumaba un temperamento volcánico, un refranero soez y un genio de Rasputín. Entre presos se comportaba como preso y frente a boxeadores jamás rendía su jab, aun si lo recostaban contra las sogas. Se había interesado en el caso de José porque en algún momento de su calvario misionero tuvo la oportunidad de impartir un curso sobre San Juan Bosco en el Seminario de La Habana, y desde esa experiencia seguía de cerca los avatares de la pequeña isla. Sin embargo, en una década no había conseguido reblandecer la coraza del habanero y comenzaba a darlo por perdido cuando el custodio Morante le dijo que Pepe Kid pedía verlo con urgencia. Hay días que no acaban nunca; vienen marcados al rojo vivo para que uno no olvide que la arbitrariedad es parte medular de la vida —resulten merecidas o no sus irracionales derivaciones—. El padre regresaba del camposanto parroquial, y antes había pasado la noche en la funeraria, donde estuvo padrenuestro a padrenuestro suplicándole a Dios benevolencia. Una joven feligresa, apaleada por un descalabro sentimental, se había sobredopado de barbitúricos en una recaída que, para él que la aconsejó domingo tras domingo en el confesionario, debía considerarse una muerte natural. Si esa tarde prefirió ir a la capilla de la cárcel y no a la parroquia fue porque quería estar bien cerca del infierno: quizás desde allí, desde la fosa más cruda de la ciudad, donde muchos también han dejado atrás toda esperanza, Él podría escucharlo. “Apúrese, padre”, dijo Morante. Ya en el pabellón, oyó la rumba. *Billy the Kid se casó con la pequeña Lulú*... Mal presagio. En su época de seminarista había estudiado el comportamiento de los suicidas y sabía que algunos ejecutan acciones insólitas mientras preparan el patíbulo. Las mujeres trapean la casa y lavan la ropa sucia. Los hombres limpian los zapatos o cantan. Así mantienen la mente ocupada. La mañana de su fatal ingestión de barbitúricos, la joven había comprado dos boletos para un recital de fados portugueses, pero también arregló su ropero y estudió una partitura de guitarra; en una carta dejó dicho a sus hermanos que fueran al concierto para no perder las papeletas de entrada. Los suicidas son juez y parte. Necesitan el rito. El juicio. La ceremonia de una boda con la muerte. Antes de colgarse cada ahorcado debe ser su propio verdugo. José demoró tres horas en contar los horrores de su vida. Se sentía poseído por sus otros José, los que pudo haber sido y malogró por culpa de una trincha de carpintero. Había olvidado la humanidad del miedo. Puso los pecados en la mano del padre Anselmo Jordán. Pesaban. Una tonelada. Una tonelada de ascos.

—¡Dios santo! Necesitas un siquiatra, no un cura —dijo el sacerdote al escuchar las confesiones del cubano.

—Sólo quería hablar con alguien. Llevo horas esperándolo.

—¡Morante, abre la reja!

—Qué le pasa. No me deje.

—Pintas bien. ¿Qué son? ¿Radares?

—Tengo miedo, mucho miedo —dijo José y sujetó al padre por la sotana—. Yo no creo ni en la madre que me parió pero usted sí.

—Suéltame, carajo.

—Coño, me han propuesto vivir como animal la mitad de mi condena. ¿Qué hago? Necesito una respuesta.

—Aquí tienes mi respuesta —dijo el padre. No midió sus palabras—. Acepta, y que sea Dios y no yo quien te perdone.

Morante no encontraba la llave de la cerradura. La torpeza lo ponía de mal humor. Por puro instinto de conservación, José hizo una gambeta evasiva. El custodio le incrustó un gancho en la boca del estómago, al tiempo que le clavaba un taconazo en los testículos y le aplaudía los tímpanos con un golpe de manos. Si de algo se vanagloriaba era del salvaje oficio de rendir hombres. Cuando José cayó a los pies del padre Jordán, sobre sus sandalias de pobre, traía las muñecas esposadas a la espalda. El sacerdote quiso responder a los abusos de Morante. El puño se le petrificó en el aire.

José pasó el resto del martes en el camastro, cubierto de pies a cabeza. Ruy el Bachiller afirma que los presos de experiencia acaban desarrollando un sentido adicional que les permite olfatear una presión distinta a la atmosférica: el silencio de los pabellones propaga "el olor a hueso ahumado del peligro" y aunque falte información de primera mano, los viejos más viejos de los viejos advierten en el barómetro de la piel que algo está por pasar de un momento a otro. Las paredes se ablandan. Las moscas afincan sus ventosas en el techo. Crujen las maderas. Los sonidos del mundo libre y distante llegan vívidos, alteradísimos, y los claxon de los autobuses, los motores de las motocicletas veloces, la sirena de un crucero quedan atrapados en el laberinto del oído, haciendo tintinear los sensibles huesitos del tímpano. El ruido más leve (una cuchara que cae al piso) abejea por los pasillos como un campanazo. "El cuerpo del hombre es una antena", escribe el Bachiller al recordar los gritos del padre Jordán pidiendo ayuda y la actitud de un José mudo, derrotado por la fatalidad. "Nunca lo vi tan cerrero y doméstico a la vez. Pepe Kid no planeaba suicidarse, como supuso el sacerdote al llegar a la galera: quería aborrecerse." Sus compañeros pensaron que, en su caso, el conformismo significaba una capitulación: el miedo, pelota de nieve, rodaba por los corredores y todos se sentían culpables de una falta que no habían cometido.

La manta cubría al cubano desde las cejas hasta los tobillos; cuando Morante le llevó la cena, atención que sólo merecían los reclusos indomables, José dijo que no con los pies, encogiendo los dedos en la movida. El voltaje estaba deficiente, por lo que la bombilla parpadeaba a intervalos y el Cristo de San Cristóbal de La Habana aparecía y desaparecía en la cal de la pared.

Tres años después de que la presidenta del patronato Nueva Viña aceptara ser su esposa, Juscelino Magalhaës se preguntaba por qué Peggy Olmedo no deshacía el contrato notarial si ella se sabía una empresaria exitosa y, por lo mismo, en treintisiete meses de hartazgo matrimonial debió comprender que su elección había resultado un pésimo negocio donde invertir el enorme acervo de su belleza. Natural de Príncipe da Beira, en la frontera amazónica de Brasil y Bolivia, Juscelino era un funcionario singular, no tanto por su fisonomía, más de alacrán que de humano, sino por su fama de honesto, una excentricidad en el gremio de la sociedad civil donde se le consideraba una marioneta lo suficientemente indecisa para cuestionar las ordenanzas de sus jefes y, tal vez por ello, inmejorable a la hora de ejecutar las tareas al pie de la letra. Acababa de estrenarse en el cargo de director del zoo y lo venía haciendo bastante bien, hasta que ese miércoles no pudo posponer más su anunciada visita a la Cárcel Estatal y se sintió un escarabajo en un frasco de vidrio. Al término de un breve recorrido por las instalaciones, el alcaide Otto Higgin descorchó una botella de champaña para celebrar la firma de un proyecto que despertaría muchas controversias. Así habló al visitante: “Si lo que ustedes buscan es a alguien que no sea el mejor cantante ni el chico más sexy ni el empresario omnipotente, tengo al candidato ideal. Un salvaje que no podrá comandar a nadie ni elegir nada: ni su tumba. Haremos de él un modelo. Un antilíder. No pedirá sangre, sudor o lágrimas. Parece una locura. Tal vez lo sea pero los locos existen para que los cuerdos recuerden que han sido afortunados. La bestia que busca se llama José, y es cubano." No se equivocó. Juscelino abandonó la oficina haciendo pompas de champaña por las troneras de la nariz pero convencido de que el increíble proyecto tenía un porqué, aunque ese porqué pudiera entenderse como una necedad: a dos milenios del suicidio de Judas, la jauría de los lobos había crecido más que la manada de los corderos; por tanto, un asesino debía exponerse entre fieras como demostración de una potestad exclusiva de Satanás: convertir en hienas a ciertos borregos. Dando pasodobles de borracho, regresó al cuarto del hostal donde vivía, una suite empapelada en terciopelos, encargó una bandeja de perros calientes y, tendido en la cama de mórbidos edredones, leyó a Peggy Olmedo varias de las noventicuatro páginas de documentos que le había confiado Otto Higgin para borrar los prejuicios de su conciencia. El expediente brindaba datos precisos sobre los desmanes del reo en la Cárcel Estatal e incluía una fotografía del mural que decoraba su celda. Lo que no se decía en el informe era que José había pasado su infancia en los laberintos de Atarés, a las plantas del castillo de igual nombre. Huérfano al nacer, la ausencia de la madre (en Cuba, la figura más respetada del cuadro familiar) debe haber pesado en su formación. De niño era una ostra. ¿Su concha? La timidez. Apenas participaba en travesuras infantiles, a no ser como espectador. Menelao temió que su hijo padeciera algún retraso mental. Pasaba horas en el traspatio, llenando botellas con lombrices y, después de la comida, prefería meterse a la cama pues le aburrían los programas de la televisión. Sin embargo, le gustaba explorar la zona, siempre solo. En cada nueva excursión, ampliaba el círculo de su curiosidad. Otra calle más. Otro parque más. El domingo que Regla celebraba sus veinte años, José se extravió en medio de la fiesta. Su padre se demoró en darse cuenta (la discreción del chamaco lo hacía transparente), y pensó que quizás había ido a una de sus caminatas, pero al atardecer dio por fin la voz de alarma. Un vecino aseguró haberlo visto cerca de Tallapiedra, en los linderos de la barriada de Melones, "pateando una latica". Menelao lo lloró toda la noche en el portal, sentado en un taburete, mientras los gritos de Regla y sus amigos se debilitaban, roncos, en la distancia. Milicianos del Instituto de Meteorología lo encontraron a las once de la mañana por los radares del Cristo, a varios kilómetros de casa. Todavía pateaba la lata. De vuelta, José no dijo qué había hecho en ese tiempo: fue al patio, cavó un hoyo en la tierra y se puso a pescar lombrices. Menelao no se atrevió a regañarlo. Había perdido las riendas. A fuerza de ser justo, debía castigarse a sí mismo. La suerte jamás tocó a su puerta, ni siquiera cuando en mayo de 1953 se casó con la manicuri Rita Alea, una bayamesa irrepetible, y consiguió un puesto de carpintero en la Dirección de Intendencias del Ejército Nacional. A las pocas semanas fue asignado al Regimiento Antonio Maceo y resultó uno de los soldados que dormían en el cuartel Moncada la madrugada de aquel domingo de carnavales, día de Santa Ana, en que un grupo de jóvenes quiso tomar la fortaleza a tiro limpio. Menelao había estado comparseando por las calles de Santiago de Cuba y acababa de acostarse en la barraca cuando inició el tiroteo, por lo cual terminó mezclando en la memoria la espuma de la cerveza, los disparos recíprocos y los artificios del carnaval. Luego le tocaría participar en la redada que se desató en la ciudad y esas escenas le trozarían la vida con un machete de dos filos: el miedo y la vergüenza. Nunca pudo borrar el estigma de ser "un asaltado del Moncada", como él decía. En mayo de 1954 pidió su renuncia, y el matrimonio se mudó a la capital. Atarés parecía un buen lugar para enterrarse. Pero aun la vida más mansa depende de un golpe de dados: en agosto de 1965, por un pleito en el taller donde trabajaba, un tribunal lo consideró "escoria social y esbirro de la dictadura" y lo envió un año a la fortaleza de La Cabaña. Seis meses después supo que Rita había muerto al parir a un niño llamado José. El desafortunado carpintero cayó en un pozo profundo: el de la indiferencia. Entretanto, Regla se había hecho cargo de la casa, un bajareque sin rumbo, hasta que en 1977 se cansó de ser una anciana de veintitrés años y obligó a su padre a tomar una decisión de bucaneros: irse de la isla en una balsa. Un lunes de abril, Menelao y sus hijos visitaron la tumba de Rita en el cementerio de Colón y esa misma tarde iniciaron el viaje desde la playa Cojímar, al sur geográfico de La Florida. Los acompañaba Perucho Carbonell, el tejedor de bufandas, a quien Menelao había conocido en prisión. Cuando perdieron de vista la tierra, y el Caribe los envolvió en aguas grises, José oyó decir a su padre: "Dios quiera que exista Dios."

Mar de sargazos, mar de revanchas, mar de huesos, mar de nadie. Tres días flotaron a la deriva antes de que fueran pescados por un yate y depositados en Cayo Hueso con la desazón de haberlo perdido todo en la vida —menos el aliento, que es ganancia si se piensa que durante la travesía navegaron rastreados por una banda de tiburones—. La familia González estableció residencia en los arrabales de Santa Fe, donde Menelao pudo abrir una carpintería, ayudado por su hijo, quien empezaba a interesarse en los secretos del oficio. Allí se encontraban a gusto. La misma Virgen. La misma música.

La misma jerigonza. La misma mierda. Casi de Atarés. Cada ciudad tiene una razón de ser. Las hay amables y caseras, frías y calculadoras, divertidas e irresponsables. Santa Fe podía considerarse la maqueta de una mina de oro. Los salmos de la publicidad vendían paisajes de un paraíso donde los buscadores de tesoros podían disfrutar del exclusivo balneario de Caracol Beach o enriquecerse en uno de los centros financieros más eficientes del país. En las entrañas de esa modernidad sin freno, a un costado de los nudos viales y los freeways, latían urbanizaciones marginales, bien demarcadas entre sí. Los ghettos tejían el paño de la ciudad: cubanos, haitianos, polacos, rusos, armenios, salvadoreños, bosnios, buscavidas y burlamuertes se movían por ese ajedrez urbano con la esperanza de un peón que sueña coronarse reina en la octava línea del tablero. Ninguno sabía a ciencia cierta qué bandera se izaba en el asta de los edificios: casi nunca miraban hacia arriba, preocupados en no trastabillar en falso. Las fechas patrias llenaban los trescientos sesenticinco días del almanaque: una batalla del general Miranda, el asesinato de Chano Pozo, el avionazo de Carlos Gardel. En una casa se rezaba a la Virgen de Guadalupe; en otras, a Violeta Parra o a santa Evita Perón. Por los callejones volaban los aromas cruzados de un mole poblano, un cebiche limeño y un churrasco uruguayo en democrática humareda. Puente de paso, en la tolerante Santa Fe las agencias de seguros vendían planes para contrarrestar cualquier catástrofe de la vida o de la naturaleza (incendios, enfermedades, huracanes), pero nunca resguardos contra la nostalgia de aquellos hombres y mujeres a los cuales les quedaba el consuelo de reinventar la patria, cada noche, en un mísero plato de comida. Los González lograron apuntalar un palomar de tres habitaciones, sala, portal y un taller donde Menelao y Perucho Carbonell carpinteaban ataúdes mientras la emprendedora Regla cursaba estudios de contaduría, hasta que Wesley Cravan apareció entre los rosales y quiso robarse a la pequeña Lulú. José tenía dieciocho años cuando entró en la cárcel e iba a cumplir treintitrés la tarde en que el alcaide Otto Higgin sirvió la champaña y dijo a Juscelino Magalhaës que harían del cubano un modelo imposible de imitar. "La edad de Jesús", comentó Peggy Olmedo. Mientras Juscelino remataba los perros calientes y encendía un Partagás de seis pulgadas, ella observó la fotografía del mural que ilustraba el expediente. La exageración óptica le permitió encontrar, al comienzo de un amplio paseo peatonal, la figura de un niño que cabalga sobre un león de bronce. El mismo niño reaparece en otros sitios: entre los pasajeros de una lancha que cruza la bahía, subido a un árbol del parque, asomado en la muralla de un castillo. "No sé, pero me simpatiza este cubano", dijo Peggy. Desde el balcón de la suite, Juscelino veía el zoo como un trozo de leña en el centro de una fogata. El fresco de la madrugada le puso la piel de gallina. Aspiró el Partagás —y volvió a sentirse un escarabajo en un frasco de vidrio.

Ese día, durante el almuerzo, José le comentó a Galo la Gata sobre su probable traslado al zoológico de Santa Fe, y le hizo jurar que guardaría el secreto, pero el martiniqueño no tenía entre sus virtudes la prudencia, así que no había digerido aún las albóndigas cuando le contó al primero que se encontró en su camino, Ruy el Bachiller, quien se encargó de que el chisme corriera de boca en boca, desde las celdas de castigo hasta la dirección de la penitenciaría. El alcaide Otto Higgin aprobó la broma que había ido tomando consistencia durante la veloz rotación, siempre que no zurraran demasiado a Pepe Kid: "Que duerma temprano, mañana tiene que ir en ayunas al laboratorio para hacerse unas pruebas", dijo a los organizadores del pitorreo. Apagadas las luces, cuando los pabellones se hundían en la modorra, se oyó un solo de lobo, seguido por un retintín de risas diáfanas. Al aullido se sumó el canto de un gallo y, al quiquiriquí quiquiriquí, una coral algarabía de perros, leones y borricos humanos. José se acercó a las rejas. Presos y centinelas hacían las veces de animales con desigual gracia: unos moneaban torpemente por los pasillos, otros se rascaban los piojos o berreaban como corderos trasquilados. Mugían. José oyó que lo nombraban entre los relinchos y maldijo a Galo por haber incumplido el juramento, pero al identificar el miau, miau, de una gata zalamera el incómodo se fue desvaneciendo. Terminada la serenata en una risotada colectiva, el silencio volvió a cerrar sus celosías y entonces se escuchó la voz del viejo yoruba Gastón Placeres, decano de los reos, quien en nombre de la amistad tronó este voto de despedida: "Iború di boyé (*el sacrificio conviene, y es reconocido*), dibo sise (*el sacrificio abre el camino, las causas se completan*); ¡Aché para ti, compatriota, Orula te acompañe!" La noche era tan clara que cuando apagaron los focos, un halo de luna llenaba la celda. José comenzó a raspar el mural de la pared; a la medianoche, había borrado la figura femenina que recorre el malecón, las chimeneas, los radares meteorológicos, el Hotel Fontainebleau y la Manzana de Gómez, incluido el Café Esther's; al cuajar la mañana, del grabado apenas quedaba la cara de Cristo, como un huevo de avestruz en un nido deshecho. El cubano asistió al laboratorio inquietamente tranquilo.

Los clínicos y juristas que estudiaron el caso estaban sorprendidos: a pesar de las rudas condiciones en que había vivido, José conservaba una dentadura perfecta, unos pulmones sanos y dos riñones que daban ganas de comérselos al jerez. La salud de un toro. Lo sometieron a cuanta prueba pueda imaginarse y vino a reprobar las dos en que pudo mentir de haber querido, civismo y buenas costumbres. Desconocía que ese paso de armas (verbosidad pendenciera, perenne desafío), era justo lo que los especialistas buscaban porque a él no lo iban a elegir por indulgente sino por vicioso. Al cortarle el cabello descubrieron además que era bien parecido. Le pusieron un traje y lo presentaron ante la junta del patronato Nueva Viña. "Este pedazo de hombre es el Hombre", escribió Peggy Olmedo en su libreta de apuntes.

—Acepto —dijo José.

Una semana después subió a un camión militar al que escoltaban doce motociclistas silenciosos; al frente de la columna iba el estricto Salomón Carey, un joven sargento de La Guardia que había sido maestro de Morante en la academia de policía. Lo último que José vio antes de abandonar el patio fue la flaca figura de Galo recortada en una ventana: estaba de cuerpo entero, abierto de piernas y brazos como una equis humana. Dos centinelas tiraban de sus tobillos. Se había enroscado entre los barrotes y ofrecía más resistencia que una hiedra en una pared de adobe. Por algo le llamaban la Gata. Porque lo era.

—En marcha, José —dijo Morante.

—¿Y si me arrepiento?

—Vivimos en un país libre. —Morante enrolló una revista y lo miró a través del curioso catalejo. La punta de su lengua cubría un diente de oro—. ¿Acaso no sabes que el zoo cierra a las seis?

Morante llenó un crucigrama durante los cien minutos que el convoy demoró en atravesar la ciudad. Su vocabulario no alcanzaba para mucho: su paciencia sí. Ni hablar de su tozudez. Hasta ese crucigrama había conseguido lo que pretendió en la vida. Tampoco se propuso demasiado. Nadie hubiera apostado un centavo por su futuro cuando era un borrachín medio lelo que trabajaba en el cementerio local. La muerte le traía suerte. Al fallecer su padrino, recibió una herencia que le permitió costear la carrera de policía. El curso lo viró al revés. Dejó de consumir drogas y robusteció su musculatura de levantador de pesas. Terminado el curso, era más pastor alemán que cualquiera de los mastines de la perrera, y si alguna duda quedaba de sus agallas, pronto tuvo la ocasión de probar lo aprendido. Durante una fiesta escolar en la que su hijo Langston iba a imitar a Billy Joel, dos hampones intentaron asaltar el teatro del colegio, armados hasta los dientes. Morante les salió al paso. Después de un violento pimpon de balas, logró acorralarlos contra el graderío de la cancha deportiva, donde los remató sin conmiseración. Ese pedigree le facilitó encontrar trabajo en la Cárcel Estatal. Nunca le había pasado por la cabeza la idea de conciliar los notables vaivenes de su personalidad. Canalla y justiciero, siervo y tirano, leal y traidor, resultaba un ser tan contradictorio que hasta sus encarnizados enemigos terminaban por perdonarle todo, "que no los golpes", pensó José.

—¿Palabra de siete letras, hache en la sexta, que sirve para ceñir materiales, madera entre ellos?

José se asomó al ojo de buey del camión. Había fiesta en Santa Fe. Por los exteriores del coliseo se alineaban las carrozas. El convoy se detuvo en un cruce de avenidas y el cubano pudo detallar uno de aquellos monumentales carruajes. Parecía el esqueleto de un dinosaurio. Sogas de luces cruzaban las calles de lado a lado, dibujando complicadas formas geométricas. En las plazas públicas habían construido tarimas para las orquestas. José reconoció la zona. Pasaban cerca de Coral Park. Se oían llorar los sauces.

—Siéntate. ¿Tenedor, taladro, triturador? —dijo Morante.

—¿Puedo hablar?

—No.

José supo que había llegado a su destino cuando el sargento Salomón Carey abrió una puerta metálica y él descubrió una reja. Una reja de barrotes aún más gruesos que los de su celda anterior. Se acordó de Galo trenzado en la ventana. Sacudió la imagen con un golpe de cuello. Se respiraban tufos de naftalina. Una ardilla salió corriendo. Una ardilla color vino.

—Casa nueva, vida nueva —dijo Morante.

—Trincha. Ésa es la palabra que andas buscando. Trincha. Sirve para matar hombres.

—Gracias.

—Te deseo lo mejor —dijo el sargento y empujó a José.

José agradeció el empujón. Al otro lado de las rejas vio pasar a una niña, globo en mano. Tenía los ojos enormes y negros. Sobre las dos caras de plástico habían impreso el rostro de José. Un José risueño, de siete años, pañoleta al cuello, en La Habana. La vieja Habana Vieja. Castillo de Atarés. La niña desapareció entre los músicos de la banda. Fue muy raro. En ese preciso instante, el doctor Juscelino Magalhaës y el cáustico Ian Hill, gobernador del estado, develaron una tarja de bronce donde podía leerse bien claro *Homo sapiens sapiens* y, entre comillas, el apellido González. Las señoras y señoritas del patronato Nueva Viña aplaudían como morsas amaestradas desde el palco de los invitados. Conducidas por Peggy Olmedo, las porristas comenzaron a espigarse al ritmo de una tonada que interpretaba la banda de matusalenes exiliados. Un, dos, tres y: *Quiero un sombrero de guano, una bandera, quiero una guayabera y un son para gozar...* Los relámpagos de las lámparas flecharon a José. Cerró los ojos. Nunca lo habían aplaudido.

Ovación. Las agencias de prensa querían reportar la noticia: un emigrante cubano sería expuesto en una jaula "civilizada" como ejemplar único de la criatura más perfecta de la creación, el hombre. Nadie se había atrevido a tanto. El zoológico estaba ubicado en las ruinas de una hacienda colonial, Villa Vizcaya, auténtico reducto del poblado que había sido Santa Fe antes de que le inyectaran ambición en las venas y lo convirtieran en un invernadero de rascacielos. Si se descuentan los osos pandas y los delfines de la nueva poceta, la fauna del gracioso jardín no valía gran cosa, comparada a la de grandes encierros de Norteamérica; una peculiaridad conservaba al cumplir un siglo de existencia comunitaria, y era ese aire country que le permitía exponer de igual a igual siete vacas tercermundistas, un burrito juanramónico o un saraguato doméstico, vestido de botón del Hotel Plaza, que había quedado huérfano al morir su dueño en pleno concierto. Solípidos africanos, rumiantes y proboscidios, reptiles del orden de los emidosaurios, mamíferos carniceros y bóvidos salvajes convivían en cuarenta hectáreas de reserva ecológica, atendidos por una manada de veladores, la mayoría latinos. La actual administración del patronato, sin embargo, se regía por un estudio de mercado que recomendaba crear polos de atracción más poderosos que la plaza comercial y la zona de juegos mecánicos, donde los fines de semana se celebraban fiestas infantiles. El experimento del cubano coronaba esa estrategia, pues se quería demostrar que un ser humano es capaz de adaptarse a cualquier circunstancia. "Una proeza de fin de milenio", dijo el doctor Juscelino Magalhaës a los periodistas. El parque tenía un inconveniente: sus vendavales. Ocupaba un terreno bajo, preso entre pantanos secos, y tal vez esa situación explique el hecho, para algunos pintoresco, de que lo azotaran torbellinos de tarde en tarde. En los mediodías morosos de los trópicos, cuando la luz pesa sobre la piel, el aire comenzaba a cargar presión y en un rebote súbito se soltaba a girar, levantando columnas de cogollos.

"Si Dios quiere, Villa Vizcaya se abrira al público el próximo martes, una vez terminado el carnaval en curso", dijo Juscelino. Y Dios quiso. O no se enteró. La jaula de José estaba al final de la galería de los simios, como prueba irrefutable de la evolución de las especies, y había sido decorada acorde al criterio de presentar a cada especie en su hábitat natural. Disponía de una chimenea, dos cómodos butacones de mimbre, un kilim persa y, en un librero, las obras completas de Oscar Wilde, única lectura permitida. La tapia del fondo, recubierta en corcho, escondía una recámara minúscula, un catre minúsculo, un minúsculo inodoro y un minúsculo lavamanos de porcelana tailandesa. Después de media vida bañándose en sanitarios colectivos, disponer de ducha propia podía considerarse un lujo. Las paredes laterales, al igual que la del frente, eran de barrotes, de manera que la celda se comunicaba con la de su vecino Cuco, un impetuoso orangután de Borneo, nacido en Villa Vizcaya. Doce años de cautiverio acabaron por troncharle el desarrollo de sus instintos salvajes, no así su talento nato de cañonero. De repente, a cualquier hora, el orangután entraba en crisis y lanzaba bombas fecales contra el mundo. Esos arrebatos duraban apenas unos minutos de copioso fuego artillero, suficientes para crear el caos en la tan frecuentada galería de los primates. La mañana en que presentaron al nuevo huésped, Cuco no hizo de las suyas. Pasó la ceremonia en posición crítica, los hombros encorvados, la mirada fija en un punto distante. José estuvo sin responder a las especulaciones de los reporteros locales (¿qué piensa del futuro de Cuba, usted practica la santería, cuál es su opinión sobre los líderes del exilio político en La Florida?), hasta que el jocoso Ian Hill impuso su jerarquía y, para presumir de ocurrente, le preguntó si en esa pecera prefería un cucurucho de maní o una mano de platanitos. Risas.

—Tu madre —dijo el cubano en cubano.

Cuco se mecía en un columpio. El viento soplaba desde el sur y las pestes del orangután anestesiaban las vaporizaciones de la naftalina. A lo lejos reventaban los cohetes del carnaval. Fuegos artificiales. Enormes flores de pólvora se abrían en el firmamento; gardenias amarillas, girasoles azules y puchas violáceas. José afiló los sentidos y escuchó entre los chillidos de las cacatúas la cumbia de una marimba. Por un segundo el parque olió a rositas de maíz. Bombardas. Esa primera noche revisó el nido centímetro a centímetro. En el baño, un bonito almanaque de pared. La llave del lavamanos estaba recia. No tenía pasta de dientes. La chimenea era de cartón tabla. Se acostó en el catre. La mente repartió las barajas de un tarot muy personal. Las torres de Tallapiedra. Regla gritando malas palabras en el traspatio de la casa. La tumba de Rita. Una balsa en la playa. Las olas. Menelao, Perucho, Cuba y el horizonte. En la última carta apareció la niña del globo, la de los ojos negros. Había sido un encuentro raro. La oscuridad ayudó a descifrar el enigma: hacía quince años que no veía a un inocente. El columpio dejó de oírse. Ranas. Grillos. José encendió la lámpara. La ardilla color vino arrastraba un calcetín entre los barrotes. Dos aviones pasaron volando a gran altura. La brisa movía las ramas de las jacarandas al compás de una suave, dulce, insoportable melodía. José dio vueltas y vueltas alrededor de la jaula. Necesitaba cuarentiséis trancos para recorrer el perímetro de su nueva celda: veinte zancadas más que en la anterior. El alba se demoró lloviendo.

Primer solo de Zenaida

Llovería. No hay cielo que aguante tanto. Temprano en la mañana, la mulata Zenaida Fagés subió al cuarto de su vecino Lorenzo Lara para obligarlo a desayunar. Andaba en bermudas. Rojas. Era tremenda. Una bala perdida. Cada vez que se sentía insoportablemente obesa, pesimista, llorosa, caduca, fea, jodida, fracasada o perversa corría escaleras arriba y se tomaba el mejor antídoto contra la nostalgia: café con leche y pan con mantequilla. Trabajaba de corista en el Luna Club, un cabaret de Caracol Beach. Dormía hasta tarde. No siempre porque padecía de insomnio. Extrañaba la ciudad de Matanzas, las tardes por el río San Juan, el colchón de su cama, aquella almohada. A los treintinueve años tenía un póker de pasiones conocidas: mudarse cada doce meses, oír canciones de Pablo Milanés, jugar a la lotería y resolver logaritmos de tercer grado. Entró en la cocina. Puso a calentar la leche en un jarro de aluminio. No había pan. Bajo la mesa, un gato engullía una golondrina sin cuello. Lorenzo estaba en el baño, concentrado en los rituales de afinarse el bigote, y reconoció a la matancera por las chancletas. Nadie pisaba igual: a contratiempo. El gato salió a la azotea. Zenaida le tiró un tenedor. El cubierto se clavó en la puerta. La madera gimió, como si hubiese resentido la estocada. Las nubes se acorralaban sobre Santa Fe. Llovería.

—La leche está en el armario —dijo Lorenzo.

—Compra pan, Larita. ¡Qué va: yo me voy de este país!

La cubana había vivido en Lima, Ciudad de Panamá, San José de Costa Rica, Cancún y Miami antes de echar ancla en Santa Fe, y desde su estampida de La Habana siempre se estaba yendo "de este país". Lima le había parecido horrible, Panamá complicadísima, San José un caserío de monte adentro, Cancún una vitrina en un mall, Miami una ciudad demasiado viboreña, y Santa Fe un trampolín. Lorenzo salió del baño en camiseta. Un olor mentolado acarameló la habitación. Se escuchaban unas trabajosas escalas de piano. Dorremifasolasí. Silasolfamirredó.

—¡Ay!, señora Kropotkin: cuándo aprenderá a tocar el piano —dijo Lorenzo.

—Hoy me levanté polémica —dijo Zenaida—. Anoche, en el Luna Club, me bebí una botella de ron yo sola. Dale galleticas al gato. En este barrio no queda un pájaro vivo. —La mulata se sentó en una banqueta que era un dedal para su vasto trasero. Tenía cuerpo de campeona olímpica en cien metros planos: cero grasa en el abdomen, pechos pequeños, glúteos de masa pura, muslos potranqueros y pantorrillas de pelícano—. Va a llover. No hay cielo que aguante tanto. ¿A qué tú hueles, vecino?

—A lo que huelen los afeitados —dijo Lorenzo.

—¿Por qué no te quitas ese bigotico? Está espantoso...

—Hay un compatriota tuyo en una jaula del zoológico —dijo Lorenzo. No le gustaba hablar de su mostacho.

—¿Cubano? ¿De dónde?

—De La Habana.

—Yo no soy racista, Larita, pero seguro es negro.

—No. No es negro. Se llama José, José González —dijo Lorenzo—. Le han propuesto vivir en el parque.

—Mira tú: José. Cada uno sabe lo suyo. No critico para que no me critiquen. Hizo bien, qué caray. Yo también me hubiera metido en esa jaula. Claro, estoy más loca que una cafetera, como diría el grande, sabio, sublime Anton Makarenko.

—¿Makarenko?

Zenaida mojó una galleta en la leche.

—Un pedagogo ruso. Oye, ¿no vas a desayunar? Te ves fatal. Yo también estoy molida. Es que la ciudad enloquece en carnaval. ¡Qué bárbaro! Antenoche se me encarnó un californiano que olía a margarina. Me dieron ganas de vomitar. Ni que estuviera embarazada —dijo la mulata y se rascó los pies—. Si hay gorilas dictadores, cancilleres burros y buitres en la bolsa de valores, ¿por qué alarmarnos al ver un hombre en la jaula del zoo? Tic tac. Radio Reloj Nacional. La hora exacta...

—Las 4 de la mañana...

—Las 4 en punto de la mañana.

—Borra ese casete.

—Total. Me lo sé de memoria. Éstos son los titulares: Efectúan graduación del Instituto pedagógico de Matanzas. Tic tac: La loca de Zenaida tiene ganas de comerse un mamoncillo en Santa Fe. Tampoco lo oigo tanto.

—¿No es más de lo mismo?

—En Cuba las noticias son iguales todos los días. Los periódicos lo único que hacen es cambiar la fecha. Cada fin de semana, así caigan raíles de punta, se inaugura o clausura algo, lo que sea, y el equipo Industriales siempre pierde el campeonato en el noveno episodio. La última tarde que pasé en Cuba nadie vino a visitarme. Ni un amigo, carajo. Sólo mi madre. Un martes más triste que el otoño. Esá noche grabé este casete. ¡Runrunrun! ¡Runrunrun! Muero por chuparme un mamoncillo requetedulce. Tengo escalofrío.

—Vuelve.

—Cuando me gane la lotería. Quiero pasearme por el Vedado en una parihuela. ¡La reina Fagés! Oye, está bueno de cháchara. Aquí hay polvo del año que tú lo pidas—. Zenaida tiró tres cubos de agua por la azotea. De abajo de la cama sacó un quintal de coca colas vacías. —¿Qué se dice de José?

—Parece que hace años mató a un muchacho. Quién sabe. La gente inventa. No se mide el tal José.

—¿El difunto era gringo? Porque si era gringo, José tuvo que pagarlo a doble precio. Así es la tarifa para los latinos.

—Se comentan tantas cosas. Que si es un chalado. Que si un tonto. Le mentó la madrecita al gobernador Ian Hill.

—¿Lo has visto?

—Hoy. Apenas un par de veces y de casualidad. Tiene cara de pocos amigos.

—Y qué cara quieres que tenga.

—El martes lo exhibirán en público.

—El pobre —dijo Zenaida y barrió las plumas de la golondrina descabezada.

—Dicen que José se niega a comer.

—¿La comida es buena?

—Pues sí, supongo.

—Deberían darle machuquillo. ¿Puede escuchar radio?

—¿Radio? No.

—Un habanero sin radio está perdido en la estratosfera. Al cubano le gusta comer rico, oír las noticias y matar el tiempo. Pobre golondrina. Volar y volar para morir sin gloria. La soledad da pena. ¡Machuquillo de plátano, tamal en cazuela, quimbombó!

Al atardecer, Zenaida fue al supermercado porque quería comprar un billete de lotería y una lata de dulces en conservas, marca La Conchita. Lorenzo la acompañó. "No hay mejor postre que un plato de mermelada de fruta bomba", dijo la mulata: "Creo que todavía tengo medio queso crema." Luego comprobó que el queso se lo había merendado la noche anterior. "Ni me acordaba. Podemos echarle galleticas de soda", dijo. Debe haber sido el dulzor de la papaya lo que despabiló en Zenaida la sal de los recuerdos, porque al regreso de compras, comenzó a hablar de María Coronado, su madre, enfermera del Hospital Provincial de Matanzas, "una jabá divina, tan gordiflona, Larita, que cuando venía caminando por la sala de Terapia Intensiva y se paraba ante la camilla de algún paciente, la mantequera seguía moviéndose por inercia, hasta que la panza se posaba bajo la bata, rosca sobre rosca, y ella decía qué tal, mi amol, con ele". María Coronado, según su hija, era de esas cubanas que viven pensando en el prójimo sin alardes de caridad, "y te juro, Lorenzo, no había vecino que no la buscara para que lo inyectara en la nalga o le bajara las fiebres al bebito o le indicase qué hierba era buena contra el asma. Cederista, comecandela, mamá se apuntaba en cuanta tarea se convocaba en el barrio, y había que verla barriendo la calle, cargando cajas de botellas, hasta que se sentaba en la acera, cansadísima, y rompía a cantar guarachas. Al llegar a casa, lo primero era meterse un cubetazo de agua, luego se entalcaba el entrepecho, preparaba una jarra de champola y se ponía a ver el televisor, porque cómo le gustaba a María Coronado saber lo que había sucedido en el resto del mundo mientras ella estuvo trajinando por ahí".

—Ya se hizo tarde —dijo Lorenzo.

—Caray, qué pena lo del queso: estaba segura de que me quedaba un pedacito.

Llovería. No hay nube que aguante tanto. Lorenzo subió a su cuarto y se puso a hojear una revista. Le fue imposible concentrarse en la lectura. Se sirvió un mezcal y salió a la azotea. Dorremifasolasí. Silasolfamirredó. "¡Deje de tocar el piano, señora Kropotkin!", oyó gritar a la cubana. El vecindario. Qué viento. A lo lejos reventaban los cohetes del carnaval. Gardenias amarillas, girasoles azules, puchas violáceas. Cuatro cuartas abajo del campechano, piso de por medio, Zenaida ponía un disco de

Pablo Milanés y se acababa de encuerar. "¡Qué va, caballero: aquí no hay quien viva. Yo me voy de este país!", dijo. Por un segundo la ciudad olió a rositas de maíz. Dos aviones pasaron volando a gran altura. La cubana prefería dormir desnuda. Hundió la cara en la almohada. Un atardecer por el río San Juan se iluminó en la bambalina de los párpados y el ocio proyectó esta estampa, desdeñada por otros hastíos recientes: la imagen de un cachorro color miel que vivía en el techo de los Martínez, sus vecinos de Matanzas, entre los escombros de una segunda planta a medio construir. El perro se pasaba el día al filo del alero, correteando la atalaya. Y allí estuvo por años. Ladrando. Rabioso. Los Martínez jamás le permitían bajar, ni siquiera cuando el sol recalentaba la plancha de cemento o, de súbito, irrumpían los aguaceros que se derrengan sobre las ciudades que miran al Caribe. Al principio Zenaida se taponeaba las orejas o subía el volumen del radio, mas luego se acostumbró a los lamentos de aquel mastodonte que hueso a hueso se iba convirtiendo en un ser flemudo, mugroso, de greñas enfangadas, y también aprendió a ignorarlo. Esa noche de carnaval volvió a aullar en Santa Fe. Sería porque comenzó a caer una llovizna mojigata que le hizo evocar los años de su provinciana candidez. Voces. Sombras. Fantasmas de juventud. Pensó escribirle a María Coronado. Guardaba copia fotostática de cada carta anterior, para tener constancia de sus delirantes fantasías. Desistió de la idea: la soledad no ayuda a decir mentiras. La lluvia trepidaba por las cañerías. *El tiempo pasa, nos vamos poniendo viejos, y el amor no lo reflejo como ayer...* Entró en el baño, sitiada por el alud de los quebrantos. *En cada conversación, cada beso, cada abrazo, se deja siempre un pedazo de...* El espejo, ese enemigo. Zenaida tenía ojeras, los labios secos, tetas caídas. Levantó los caimitos de sus pechos en las palmas de cada mano. Como quien jala los gatillos de dos pistolas Makaroff, de fabricación rusa, se apretó las mamas y disparó al espejo: "¡Bang! ¡Bang!"

Una mujer convencional nunca debería matar dos pájaros de un tiro. Camila Novac cometió un error al dejar el vicio del cigarro el día de su divorcio: "aunque me vuelva un gasterópodo, no fumo más", juró en el bufete del abogado y tiró el Marlboro por la ventana. Lo vio caer varios pisos hasta que la encandilaron los relumbres del sol. "Soy una perfecta idiota", pensó. No supo qué hacer con las manos. ¿Aplaudir? ¿Amarrarlas? ¿Cortarse las cutículas? ¿Pintarse las uñas de amarillo? ¿Desmontarle el cerebro a un hipocampo? Su ex marido, el despechado Max Mogan, puso el dedo en la llaga cuando dijo que desde esa mañana ella tenía un humor de viuda. "Entre este humilde apostador de caballos, fumar como una locomotora y la urgencia de trabajar en el zoo, lo menos dañino soy yo", dijo medio en serio y medio en broma. Camila ya no era la madre entregada a la educación de sus tres hijas, ni la bióloga ecuánime que a los treinticinco años podía presumir un currículum académico de primer nivel, ni por supuesto la esposa atenta que Max Mogan comenzaba a sublimar desde el departamento de soltero que había rentado en el balneario de Caracol Beach. La ansiedad hacía estragos en su organismo. Por culpa de los caramelos de jalea engordó unos kilos insoportables. La falta de voluntad actuaba como un virus. Padecía de gastritis. Reclamaba por todo y por nada. Si en el comedor del zoo servían la sopa tibia, protestaba, y también protestaba si la devolvían caliente. Si los análisis de las babosas no estaban a tiempo, chillaba; por el contrario, si los laboratorios hacían bien su trabajo, desconfiaba del resultado. Sus tres hijas, de nueve, siete y cuatro años, abrieron el cochinito de la alcancía y le regalaron un paquete de cigarrillos de chocolate. El mensaje estaba claro: preferían una madre con enfisema pulmonar a una protestona saludable. Camila guardó el obsequio en el armario y pensó que debía encauzar su cólera en un mejor rumbo. Dos semanas después tomó la palabra en la junta directiva del zoo y, entre otras sensateces, dijo que encerrar a un hombre en una pajarera le parecía cuando menos una canallada. Estuvo en contra desde que sus colegas discutieron la posibilidad de subirle la parada a los principales zoológicos del mundo con la inclusión de un animal que, hasta ese momento, sólo David Garnett, amigo de Virginia Woolf, se había atrevido a enjaular en las páginas de *Un hombre en el zoológico*, una novela magnífica y olvidada.

Camila acabó por dominar el tema del hombre expuesto. Ni siquiera era una idea estrictamente novedosa. En la antigua Roma se comercializaban humanos deformes en el Forum Morionum, un mercado de "fenómenos", por mucho el preferido del imperio. Apenas los legionarios muy ricos conseguían las deidades más estrafalarias, niñas perras, mujeres barbudas y enanas coleccionables que resultaban las delicias de los invitados durante las bacanales privadas. Los chinos llegaron a extremos inconcebibles. Una práctica habitual, allá por el novecientos de nuestra época, era encerrar pequeñines en jarrones de cuello angosto y fondo removible; les dejaban la cabeza afuera y allí los criaban durante años, inmovilizados; al alcanzar la mayoría de edad, totalmente torcidos, los liberaban en parajes distantes, donde los "cazaban" para rematarlos en las ferias del verano. Frederick Treves, un joven cirujano del hospital Londres, cruzó Whitechapel Road una mañana de 1883 y entró en la tienda de verduras del señor Tom Norman, donde pagó dos peniques para horripilarse ante Joseph Carey Merrick, 21 años, un humanoide con trompa de paquidermo que leía novelas de sir Walter Scott en un nidal de repollos putrefactos. Meses después, cuando "el hombre elefante" logró escapar de su amo, el doctor Treves siguió su rastro de escarnio hasta encontrarlo durmiendo en una locomotora destartalada, en los chiqueros de la estación de trenes, luego de recorrer circos, carpas de gitanos y procesiones ambulantes. Treves lo llevó a vivir a su departamento, como uno más de la familia. "Estuvo llorando toda la primera noche", cuenta el cirujano: "Nunca había entrado en una casa." Ahí empezó su gloria. La Princesa de Gales acabaría por visitarlo a menudo. Tomaban té. Durante varias temporadas, dispuso de un palco de honor en el teatro Drury Lane, a tres compartimentos de su majestad. Después de muerto, su cráneo descomunal seguía expuesto en una vitrina del hospital Londres, conservado en formol. Entre los años 1879 y 1935, el zoo de Basilea organizó las llamadas "exhibiciones de pueblos", a partir de una cínica clasificación del hombre por el color de su piel. El profesor Balthasar Staehelin, de la universidad de Berlín, afirma que la primera muestra la organizó el tratante de animales Carl Hagenbeck, de Hamburgo, y en esta oportunidad eligió una caravana de catorce nubios. Un éxito: en doce días, cuarentinueve mil visitantes. "Los domingos, los curiosos afluían a las jaulas para admirar a los pueblos salvajes modernos", relata el profesor Staehelin. Senegaleses, negros dinkas y guerreros mahdi de Sudán, calmucos de Siberia y princesas abisinias recorrieron en caravana los zoo de Europa. La peor parte la llevaron los setentinueve integrantes de una familia bosquimana de Sudáfrica, a quienes sorprendió la Primera Guerra Mundial en un parque de Stuttgart, al sur de Alemania, y pasaron dos inviernos entre fuegos de artillerías rivales, alimentados por las caritativas monjas de un convento local porque el velador se había llevado las llaves al frente de batalla y no hubo cerrajero ni ladrón capaz de abrir los candados. Durante la década de los setenta, los zoológicos de Barcelona y de Río de Janeiro habían contratado a actores para que desarrollaran espectáculos de vanguardia, dentro de sus jaulas, y de aquellas aventuras teatrales quedaron, cuando menos, un par de textos memorables, a su vez repetidos en escenarios "más profesionales".

Ante la indiferencia de sus compañeros, Camila decidió enviar un informe a la presidencia del patronato, *Del Forum Morionum a Villa Vizcaya, historia de una teratología bochornosa*. A manera de epílogo, incluyó una anécdota que le había contado una amiga colombiana. En 1981, los veladores del zoológico de Cali detuvieron en la cueva de los osos polares a un émulo de Ben Gun. Era un señor de avanzada edad, que colgaba una barba de veinte centímetros y vestía harapos de náufrago; al interrogarlo, descubrieron que llevaba más de dos años en el parque, como pirata en una isla abandonada. Una tarde de 1979, perseguido por un delito de robo a una tienda de antigüedades, se refugió de la policía en el baño del zoo, y durmió esa noche en el establo de las cebras nigerianas. Allí se sintió seguro: ni las hienas iban a delatarlo. Al principio, se mezclaba en el público y pasaba los días substrayendo billeteras. Se alimentaba con comida chatarra. Luego, la locura terminó de desenroscarle un tornillo y comenzó su decadencia, hasta que perdió todo contacto con la realidad. Entonces pudo desarrollar habilidades de Cro-Magnon: se ocultaba en la fronda de los cipreses o en las covachas de las avestruces, y pescaba tilapias desde el cayo de los cocodrilos. Encontraron restos de fogatas en los pastizales, plumas de gallináceas en los mingitorios públicos y plastas de mierda en las cabinas de teléfono, bien envueltas en periódico, y nadie pudo explicarse cómo logró burlar los controles de seguridad, tantos meses. Igual que el Ben Gun de *La isla del tesoro*, aquel pobre polizonte prefería vivir en estado primitivo a tener que enfrentar las brutales condiciones que la modernidad le ofrecía a cambio de su único regodeo: ser furiosamente libre. Del Informe, Camila no obtuvo ni acuse de recibo. Juscelino Magalhaës le dijo que estaba confundiendo un molino de viento con el abominable hombre de las nieves: "No defiendas causas perdidas. Los Quijotes acaban solos: no siempre tienen a un Cervantes que los reivindique." Esa noche, durante la cena, Camila rompió tres platos y prohibió a las niñas ver la televisión, sentencia injusta porque ellas no habían participado en el accidente de la vajilla. Max Mogan dijo que Dios había recomendado a los hombres que se amaran los unos a los otros. No perdía ocasión para tocar la tecla del divorcio, o de la reconquista, de manera que hasta una cita evangélica se convertía en una estratagema para procurar el regreso a casa: adoraba a sus hijas y no se conformaba con tenerlas sólo los fines de semana. Era pésimo perdedor. Quería más. Quería que la bióloga cayera arrepentida a sus pies. Camila ripostó que Jesús no había dudado en dar de latigazos a los mercaderes que convirtieron el templo de su Padre en una cueva de ladrones. Tendrían que oírla. Y sin necesidad de encender un Marlboro. Entonces Max Mogan le dijo que existían notables diferencias entre la Capilla Sixtina y el farolero zoológico de Santa Fe, y ella lo mandó a freír espárragos.

—Vamos un rato a las caballerizas —dijo Max Mogan.

—¡A las caballerizas, papá! —protestó Marcia, la mayor de las niñas—. Mejor al cine.

—No: al parque —propuso Mildred, la del medio.

—Prefiero una malteada —dijo Malena, la menor.

Camila quiso descansar pero no pudo. La cólera, dirigida contra un blanco preciso, le sobraba para recelar del propio José, quien se había prestado a colaborar en aquella comedia triste. Ella debía pasar frente a la jaula del cubano para dejar su coche en el estacionamiento, y en alguna que otra ocasión se detuvo a observarlo. Era meticuloso. Antes de comenzar una nueva jornada, corregía el ángulo de los butacones en relación al bajo alfombra del kilim, de manera que quedasen en puntos equidistantes; luego pasaba un paño sobre las obras completas de Oscar Wilde y barría con los pies las hojas de las jacarandas que habían caído durante la noche. Algunas mañanas le pedía al empleado algún sahumerio aromatizante para refrescar el aire. Si en los primeros encuentros trataba mal al público, dando muestras de la peor fanfarronería, después empezó a dejar de lado las bravatas y asumió una actitud mesurada. Eso sí, para las acciones más simples se tomaba todo el tiempo necesario: al abrocharse los zapatos, digamos, ajustaba los cordones ojal por ojal hasta que los extremos quedaran del mismo tamaño, y cerrar así un lazo perfecto. En cierta oportunidad, Camila lo vio coser un botón a la camisa y le resultó fascinante seguir los vuelos de la puntada, las precisas penetraciones de la aguja en los hoyos del nácar, ni hablar de esa mordida leve, amorosa, con que cortó los hilos, una vez terminado el remiendo. Aquel hombre se iba convirtiendo en una obsesión. Los técnicos del laboratorio hablaban constantemente de él. Se contaban chismes, anécdotas simpáticas. Cada quien tenía una tesis distinta sobre el turbio pasado de José, y aunque coincidían en su peligrosidad, quedaba a debate la posible injusticia que se había cometido en su caso: ¿matar en defensa del amor debe considerarse una legítima manera de luchar en defensa propia?, como afirmaba el criminalista Spencer Lund en *Nuevas argumentaciones legales para entender el caso de José González, el supuesto asesino de la trincha*, un artículo publicado en el *Santa Fe Times*. La interrogante flotaba de oficina en oficina. Camila fue en busca de asesoría y visitó a su madre, la señora Caporella, antes la señora Novac, pronto la señora Filip, que acababa de regresar de un recorrido por las islas Galápagos, y todas sus indefiniciones resultaron atomizadas por este cañonazo de verdades:

—Para qué te complicas, hija: no estás confundida sino gorda. Primero te pones a dieta, después te consigo una cita en la peluquería y cambias tu corte de pelo. Sin duda tendrás que gastar la American Express de tu ex-marido en alguna tienda cara. Si cuando adelgaces cinco kilos, te peines bien y vistas a la moda sigues confundida, es porque lo estás. Por tus venas corre sangre de las Ayala —dijo en la terraza de su departamento, treinta pisos sobre el nivel del mar. Ayala era su apellido de ley antes de casarse con el ginecólogo Isaac Novac. En segundas nupcias pescó a un dentista, que le heredó una fortuna. Ahora se hacía llamar la señora Caporella y la pretendía un cirujano plástico de apellido Filip. Su madre era tan liberal que Camila, de niña, se había inventado una tabla de severas restricciones para no desentonar ante sus condiscípulas: "lo siento: mamá no me deja llegar después de las nueve", decía cuando la invitaban al cine, o "a ella no le gusta que mis amigas vayan a casa, ¡ay!, qué histérica es mamá". La Ayala mayor volvió a la carga—: Que tu abuela paterna haya sido la fundadora honorífica de una asociación pro defensa de ballenas azules en los mares de los Países Bajos explica tu interés por las pulgas y los microbios pero no justifica que pienses como piensas en el asno de Max Mogan. Cuéntame cómo le va al tal José. La gente, ¿lo quiere o no lo quiere? —La señora Caporella hacía preguntas precisas.

¿Querían o no a José? Por lo pronto el público también estaba confundido. Algunos turistas seguían de largo sin reparar en el hombre. Otros se detenían para decirle alguna frase de burla. Poco a poco fue despertando más interés. El departamento de estadísticas advirtió una curva ascendente de visitantes. Muchos buscaban retratarse ante la jaula o comprar alguna calcomanía para pegarla en los cristales de los automóviles. A pesar de los éxitos aparentes, los veterinarios estaban preocupados: el cubano parecía sufrir una profunda crisis depresiva. Los siquiatras recomendaron un tratamiento de fármacos estimulantes pero no rindió los efectos esperados. José seguía melancólico, sin reaccionar a los reclamos de los espectadores. Se negaba a comer. El semblante comenzó a oscurecérsele con la sombra de una barba pendenciera. Perdió peso. Los trajes del ajuar le quedaban tan anchos que parecían robados a otro cuerpo. Se pasaba horas en cuclillas, el rostro escondido entre las manos, ajeno al circo que se levantaba en torno suyo. Sólo supo que alguien lo quería la tarde en que una anciana bondadosa, Berta Sydenham, lanzó por entre los barrotes un periódico del día. José lo cazó al vuelo.

—Gracias —dijo y sonrió.

—¡Ay!, hijo: no es nada —dijo la señora Sydenham.

Camila vio la escena desde el coche. Iba saliendo del zoo. Un cabezarrapada le cortó el paso y le dio unos impresos. "¡Fuera los extranjeros! América para los americanos. Cuba no, yanquis sí", se leía en los encabezados. Camila rechazó los volantes. Subió la ventanilla. Los neumáticos rodaron despacio sobre el asfalto, tapizado de basura. Una tortuga de la isla Borbón cruzaba la calle: no era muy grande si se piensa que estos quelonios del Índico llegan a alcanzar más de un metro de largo y unos trescientos kilos de peso.

—La gente, ¿lo quiere o no lo quiere? —volvió a preguntar la señora Caporella.

—Pues sí, mamá —dijo Camila.

—Es lo que importa.

Camila no quería reconocerlo pero había comenzado a sentir compasión por el cubano. Consideraba la lástima un sentimiento traicionero. La lástima le había hecho dar un par de pasos en falso. Casi por lástima se había casado con Max Mogan, y por lástima fingió ser feliz ante sus tres hijas. Las mañas de la misericordia volvían ahora a complicarle la vida. La bióloga probó poner en orden los desórdenes de su corazón y en un rapto de extrema lucidez comprendió que no era lástima sino un cariño impropio lo que sentía por José. Desde ese momento no pudo quitarse de adentro el ronroneo de la duda. La confusión comenzó a quemarle a fuego lento, que es como mejor se cuecen los antojos. Decidió que se acercaría a José: era una científica, una estudiosa de los secretos de este mundo, y tenía que ser capaz de perdonar, tal y como el joven Frederick Treves había encontrado a un ser humano donde otros sólo alcanzaban a ver un elefante.

El austríaco Konrad Lorenz, premio Nobel de medicina y padre de la etología moderna, ha demostrado que muchos animales superiores que viven en sociedad, principalmente los primates, prestan a sus congéneres el servicio de limpiarles aquellas partes del cuerpo que son inaccesibles. "El cuidado mutuo de la piel entre los grandes monos", afirma el sabio, "consiste menos en destruir sabandijas, pocas en estos animales, que en efectuar interesantes intervenciones, retirando espinas o desprendiendo pequeñas masas de suciedad adheridas al pelo". El orangután se rascaba contra los barrotes de la jaula. Atardecía. Una fila de coches, como de hormigas locas, se encarrilaba hacia el portón de salida. Algunos choferes se adelantaban imprudentes y sólo conseguían atorar la estampida. Los comerciantes vendían al por mayor las últimas golosinas. Cuco se desesperaba. Puede decirse que sufría. Dos custodios pastoreaban al público de a pie. Los macacos, los bonobos y los babuinos seguían el desfile de la manada humana: caballeros mujeronas parvulitos gozadores dadivosos atomistas intrigantes virulentos pitonisas mercenarios panteístas aprendices presumidos caraduras altaneros botarates criticones baconianos lechuguinos alfeñiques proxenetas vitalicios prestamistas gilipollas litigantes regidores papanatas holgazanes perspicaces delirantes cometrapos atorrantes ventajistas remolones nauseabundos vergonzosos casasolas pelagatos adivinos corrientones vendepatrias ermitaños mandamases meretrices eruditos vivarachos fatalistas vacilantes clericales demagogos miserables circunspectos testarudos cascarrabias compañeros compatriotas: ¿ciudadanos o animales? Hasta que la noche tapó el zoo. Una mariposa negra en la pared. Camila se acercó por el paseo de jacarandas que rodeaba la jaula de José.

—Cuco quiere que le rasques la espalda —dijo sobre la marcha—. Soy Camila Novac, bióloga. Dirijo el departamento de investigaciones bacteriológicas del zoo.

—Y yo, José.

—Te conozco.

—Nadie me conoce.

—Quería saber cómo te sientes.

—Bien, es decir igual: preso y muerto de frío.

—Sí, hace frío. Pero la noche promete.

—¿Qué promete?

—El cielo está despejado. Nos tocó un bonito atardecer.

—Les tocó allá afuera. Un metro menos y todo se ve distinto. Tú estás en la ciudad y yo en la jungla. En fin.

—Lee a Oscar Wilde. Cuando el patronato Nueva Viña discutió tu caso, en lo único que estuve de acuerdo fue en la propuesta de que leyeras a Oscar Wilde.

—Pierden el tiempo.

—Wilde también estuvo preso.

—¿A quién mató?

—A nadie. Su delito fue amar —dijo Camila.

—Ésa es la diferencia: yo no amo a nadie —dijo José y le dio la espalda.

—¿Conoces a lord Alfred Douglas?

—¿Lord Alfred Douglas? ¿El hipopótamo?

—Tarde o temprano descubrirás quién es.

—No soy policía. Te invitaría a pasar para que me cuentes. Sólo que no me han dado la llave de la puerta.

—¿Puedo ayudarte en algo?

José volvió a mirarla. Camila apartó la vista. Al cubano le brillaban los ojos.

—Tal vez. Necesito bellotas para Phefé.

Phefé era aquella ardilla color vino, de coleta gruesa, que José había visto la tarde que llegó al zoo. La muy confianzuda pasaba por la jaula unas seis veces al día. Husmeaba aquí, allá, y se iba dando saltos. Él guardaba comida. La amistad también se alimenta. Ya aprendería a ignorar a los espectadores y a comportarse con relativa naturalidad ante las situaciones más embarazosas, de tal forma que la jornada diurna se hacía pasajera. No así las noches. José llegó a odiar la hora en que se encadenaban las puertas. Los intensos verdes de la vegetación se ennegrecían hasta borrar los álamos, el corral del búfalo se esfumaba en el paisaje y ni siquiera Cuco dejaba de sentir cierta aprehensión al hundirse lenta e irremediablemente en el pozo de la oscuridad. Minuto a minuto el cubano veía cómo el zoo se convertía en una jungla. Afuera, Santa Fe apretaba su cinturón de luces. El rugir de los leones distantes, los bostezos de los hipopótamos, la risa de la hiena, los suspiros de los pandas, el canto de un pelícano y los pedos del orangután, mezclados a los ruidos lejanos de la urbe (el hormigueo de los autos, el abejar de los aviones, el alarido de una campana) conformaban un coro salvaje, más triste aún que los adagios nocturnos de la Cárcel Estatal donde de rato en rato se escuchaban los calipsos de Galo la Gata, los rezos ceremoniales de Gastón Placeres o los tangos de algún ladrón de Buenos Aires. Nada comparable a aquellas madrugadas cuando José trataba en vano de recordar la cara de la pequeña Lulú y la ardilla venía a ofrecerle compañía a cambio de una zanahoria.

La pareja de bonobos fornicaba cuerpo a cuerpo, tres jaulas más allá de José. Alterado en su libido por los gemidos de la cópula, Cuco no encontraba otro alivio que frotarse la caña brava del miembro contra una tajada de melón mientras emitía ronquidos intraducibles. Sólo cuando el bonobo macho se rindió sobre el lomo de la bonobo hembra, Cuco volvió a su nicho. José se puso a hojear uno de los libros de Oscar Wilde: *Un hombre puede ser culpable ante la sociedad y tal culpa puede llevarlo a una perfección verdadera.* No pudo cerrar un ojo hasta bien corrida la madrugada, desvelado por la chicharra de los grillos y los bochinches de una fiesta jarocha. El único pajarraco que se atrevió a cruzar el océano de esa medianoche, en dirección a la pradera de los leones, fue una lechuza blanca, hechicera, que planeó sobre las jacarandas, provocando una leve vibración de hojas. Cerca del amanecer, el cubano estrenó sueño, lo cual no dejaba de resultar significativo porque desde su encarcelamiento tenía una escasa media docena de sueños recurrentes, todos entre limitadísimos rangos de imaginación: en esta oportunidad, se vio a bordo de una lancha de pasajeros, atravesando el puerto de La Habana. El Cristo de piedra se agigantaba en la colina. Cuatro chimeneas humeantes. Sobre las aguas contaminadas flotaban manchas de petróleo, perros inflados, cacharros de cocina. En realidad había subido a la famosa Lanchita de Casablanca una sola vez, precisamente aquella tarde que su hermana cumplía veinte años y él se extravió por la ladera del Instituto de Meteorología; en cualquier caso se propuso olvidarlo y, en efecto, lo olvidó. A partir de algún momento impreciso, el viaje seguía en el interior del Cine Negrete, durante una proyección de *La muerte de un burócrata*, y el lunetario estaba repleto de condiscípulos que José había dejado de ver un cuarto de siglo atrás, y todos tenían la edad de entonces, ni un día más, todos menos él porque el José del sueño era el mismo de treintitrés años que dormía en la jaula, y sus amigos reían, tanto reían que él decidió mirar hacia la pantalla justo en la secuencia que narra una fenomenal guerra de pasteles, a las puertas del cementerio, y en la película José anda buscando a su madre, pero encuentra a Camila, raro, ¿verdad?, Tomás Gutiérrez Alea nunca filmó esa escena, y él le pide bellotas para la ardilla. Sí, bellotas. Y surge, por corte, otro momento inaudito: la bióloga lo besa en la boca, como los protagonistas de aquel melodrama que José viera la última vez que fue a un cine, sólo que en la pesadilla el junco no naufraga en el Golfo de Tonkín sino en la bahía de La Habana, y Camila desaparece, por disolvencias, en medio del cruento intercambio de tortas que ha alcanzado su climax bajo los sauces llorones de Coral Park. José despertó. Grillos. Saltamontes. Cuco roncando. Envuelto en el estruendoso silencio de la ciudad, arrullado por la lejana circulación de las mareas, el cubano escuchó el aleteo de la lechuza que, de regreso, braceaba en vuelo tan rasante que una de las alas barrió el techo, soltando chispas de plumas, y supuso que la pájara apuraba el vuelo para desaparecer antes de que el sol cegara sus ojos albinos. Pero no, venía herida: a la mañana, uno de los veladores la pescó en el estanque, donde había quedado enredada entre los tálamos de los nenúfares. Traía un ojo vacío. José recapituló lo vivido y lo soñado, y tuvo la sospecha de que se le iba a complicar la vida, y de qué manera, con un deseo prohibido por la propia vida: vivir. Le contó a Phefé. Por respuesta, en el supuesto de que lo fuese, la ardilla estiró sus patas delanteras y propuso compartir un trozo de piña. Él aceptó. Pobre. La piña le supo a Cuba. Gracias a Dios que existía Lorenzo Lara.

Lorenzo Lara era el encargado de limpiar la galería de los simios desde la jaula de la chimpancé hasta el aposento de José, pasando por la siempre peligrosa aventura de recoger en una pala las rocas de caca de Cuco el orangután, sin duda una tarea de mulo dado el temperamento irascible de los otros huéspedes del "motel". Entre la chimpancé y el cubano vivían seis monos de Madagascar temidos por sus barrabasadas, una guereza de cola blanca, un saraguato doméstico y un pequeño gibón, enemigo del despacioso loris de la jaula vecina, a su vez eterno pretendiente de cierta mona del Peñón de Gibraltar que todo el tiempo hacía cuchufletas a un fiestero tamarino americano. Completaban la dotación un langur de capelo, la pareja de bonobos, una familia de macacos trapecistas, dos babuinos haraganes y tres monos sagrados de la India que, a principios de los ochenta, trabajaron en una película de Steven Spielberg. Lorenzo había nacido en Ciudad del Carmen, Campeche, y muy joven viajó al Norte en busca de fortuna, contratado por Le Soleil d'Amberes, un circo de ladillas que recorría el continente, desde la Patagonia hasta Canadá, "todo para acabar esclavo de veintitantos diablillos diarreicos", dijo Lorenzo la noche que relató su vida a José. Aquella experiencia terminó el mismo día de su debut, cuando substituyó a uno de los acróbatas, enfermo de paludismo, y lo hizo tan mal que los espectadores pretendieron quemar la carpa en desagravio. En el pequeño zoológico de Santa Fe encontraría lo que sus semejantes le negaron: la posibilidad de sentirse útil. Y saberse útil quería decir hacer el bien. O por lo pronto no dañar a conciencia. Dicho y hecho. Por varios años Lorenzo se trajo al cuartucho de azotea donde vivía a cuanto bicho desamparado se topó en la vía pública, hasta que los caseros le dijeron que el edificio no era el arca de Noé, tampoco un albergue de ratas parturientas, y le dejaron un estrecho margen de maniobra: o ingresaba sus pekineses enclenques en la perrera municipal y vendía de inmediato las conejas y las jicoteas que se hacinaban en el techo como exiliadas políticas, o agentes de sanidad lo pondrían de patitas en la cárcel. El único sobreviviente de aquella etapa fue un gato vagabundo que había perdido el ojo derecho en un duelo de honor. Luego de cuarenta años alejado de Ciudad del Carmen, la vida de Lorenzo podía pintarse en pocos trazos: un dormitorio de dieciséis metros cuadrados, unos cuantos macacos lenguaraces, una muestra de artesanías y un aburrimiento tenaz.

Los demonios compensan lo que los dioses quitan. Los lunes son días libres en los zoo, los museos y los prostíbulos de categoría, lo cual complica la rutina de los varones obligados a pagar para esgrimir la espada; cada cuatro o cinco lunes, Lorenzo se iba caminando hasta los burdeles de los ferrocarriles donde su mísero salario rendía el doble porque ese día las mozas orientales cobraban la mitad. Entre martes y viernes se dejaba llevar por la marea baja de la desidia, sin forzar la marcha con improvisaciones casuales que solían acabar bastante mal. Los sábados lavaba la ropa sucia en las piletas de la azotea, hacía las compras para la semana entrante y rellenaba los chiles del domingo porque los domingos se permitía saborear los moles y guacamoles de su tierra. En el pequeño mundo del campechano, en "su zoo de bolsillo", dos sorpresas vinieron a contrapesar la balanza: una cubana, Zenaida Fagés, acababa de mudarse al piso de abajo y, en el edificio de enfrente, la octogenaria señora Kropotkin, viuda de Kropotkin, aristócrata de cuna, pobre de tumba, amiga de Igor Stravinski y devota de Vladimir Nabokov, había decidido realizar el sueño de su vida: aprender a tocar el piano. Lorenzo se sentía apapachado por las súbitas apariciones de Zenaida y las artríticas escalas de la rusa, igual que nos acompañan a distancia los pájaros en el jardín. La fauna más cercana la enriquecían el conserje del edificio, un neoyorquino a quien Zenaida apodó Laurent La Vaca porque se pasaba el día masticando marihuana en el cubículo de guardia, el médico homeópata Sandalio Baeza, estupendo catalán, y Pavel Sulja, un escandinavo silencioso, tan largo y elegante que parecía una jirafa enfundada en una gabardina escarlata. Lorenzo tenía escasos asideros. Uno de ellos era su bigote —si es que puede llamarse bigote a aquel sembradío de estacas capilares. Después de ducharse, envuelto en una bata ramplona, ponía sobre el lavamanos una vieja navaja que había pertenecido a su difunto padre, limpiaba el espejo, nevado por los vapores del baño, y comenzaba a rasurarse el mostacho como quien poda el césped; durante setecientos segundos su cara quedaba a merced del acero, el acero fundido al pulso y el pulso colgado de los nervios. Ni respiraba. El chapeo podía considerarse exitoso cuando a un centímetro de la nariz se delineaban dos filas de vellos perfectamente simétricas. "Te pareces a los bandidos del cine mudo", decía Zenaida. El campechano refunfuñaba. Tanto abandono no fue suficiente para impedir que, a los cincuenticuatro años, él siguiera siendo un hombre amable. Los dioses compensan lo que los demonios quitan.

Lorenzo conoció a José el primer martes de exposición, cuando fue a barrer la galería una hora antes de que se abriera el zoo. Los arquitectos que remodelaron la jaula habían ignorado sus sugerencias, no así los albañiles, quienes modificaron algunos esquemas del proyecto. Al campechano no le faltaba razón cuando les dijo que, de tarde, la brisa soplaba desde el sur y que si no reorientaban puertas y ventanas aquella estancia olería a orines durante ocho horas. Cuco era un orangután agresivo, lo cual hacía recomendable tapiar la entrada de la recámara para que el huésped estuviera protegido de sus granadas de excrementos. Lorenzo había viajado en caravanas de circo y se consideraba un experto en "sanitarios a escalas de carromatos"; gracias a sus recomendaciones, en el espacio cupo todo lo previsto por los decoradores y hasta sobró pared para sustituir el lavamanos original por uno de poceta ancha, hecho de porcelana tailandesa. Aquel martes, el campechano llevaba el overol reglamentario, bordado en hilos de oro, y cargaba tantos deshollinadores, escobas, escobillas, cubos, cubetas, aromatizantes, aspiradoras, palas y palos de trapear que parecía un carro de basura. El cubano estaba en cuclillas. Una oropéndola peinaba plumas al pie de la jacaranda. Cuco se balanceaba en la argolla del columpio. Pedorro.

—Los hombres y los animales nos acostumbramos rápido a la desgracia —dijo el campechano—. ¿Verdad, Cuco? Fíjate en la chimpancé que vive a un par de puertas. O en el saraguato. Era músico. Por supuesto, tampoco sabrás nada del leopardo...

—No. Ni quiero —dijo José.

—Casos clínicos son mis queridas Silvia y Marijó. Siempre se están fugando. En el corral hay unas doce cabras, pero sólo ellas chingan y chingan. He tenido que alambrar la cerca un millón de veces. No hay Dios que detenga a esas canijas.

—¿Y a mí qué?

—Levanta los pies, por favor. Por cierto, supe que un restorán florentino te va a alimentar de por vida. Eso tiene vivir en el zoológico. Hasta te buscarán pareja. Verás. Gracias por levantar los pies.

—Pero si dejan la puerta abierta, los animales se escapan.

—Ni modo. Como Silvia y Marijó. Hace poco las encontré a punto de guerrear contra la caimana. Las cabras esgrimían sus tarros y raspaban la tierra, afilando pezuñas. La caimana las miraba de medio lado. Seguramente se decía: ¿qué les pasa a las vaquillas éstas? Silvia y Marijó son tan pequeñas que ambas se reflejaban, cóncavas, en el ojo de la lagarta.

—Nadie soporta vivir entre cuatro paredes.

—La libertad es el sueño del tigre, compañero.

—No me digas compañero. Hablas demasiado.

—Te equivocas. Mi único interlocutor es un gato llamado Pariente. Los gatos entienden ruso, dice la señora Kropotkin.

—Déjame. No quiero ver a nadie. Yo me basto solo.

—Lo siento, es mi trabajo. De seis de la mañana a seis de la tarde. Aquí te va a ser difícil no ver a nadie. Sabes, ésta era la jaula de una gorila malgeniosa. Ni Cuco la soportaba. Hubo que sacrificarla. Quedó bien la recámara. Por fin logré que los albañiles me hicieran caso. Antes la chimenea iba de aquel lado. Nadie se basta solo.

—¿Te han dicho que eres un imbécil?

—¡Ah!, si te cuento.

Una mariposa negra en la pared. José tuvo la impresión de que podía tocar el aire de esa mañana radiante. La luz era líquida. Desde los días de su infancia en el barrio de Atarés no había vuelto a sentir la sensación de que las pequeñas y grandes cosas de este mundo, desaparecidas a la noche, se reanimaban al amanecer. Una iguana. La represión tenía una ventaja para los prisioneros: no los dejaba pensar en nada más que no sea comer y sobrevivir, sobrevivir y olvidar, olvidar y comer, únicos verbos conjugables en una cárcel. "Los hombres nos acostumbramos rápido a la desgracia." Bien lo saben los alcaides y los tiranos, que en mucho se parecen. Por eso suponen, dicen, proclaman que tienen la razón. Y aprietan la tuerca. Trazan los límites: cuatro paredes. Mientras menos sepas de lo que sucede detrás del muro, mejor, así los internos no se quejan demasiado, no sueñan, no conspiran. Coman, sobrevivan y olviden: he ahí los tres mandamientos de la opresión. La iguana se movía lentamente. La mariposa negra echó a volar y fue a posarse en el árbol de la iguana. Aunque José no lo reconociera, por soberbia quizás, añoraba los rituales de la penitenciaría, los treinta minutos de sol, las discusiones entre el metafórico yoruba Gastón Placeres y Ruy el Bachiller, realista a rabiar. Las prisiones son islas. La mañana de ese martes, José se preguntó si sería capaz de vencer la prueba de vivir rodeado de esperanzas por todas partes. Qué maravilla el rocío, qué delicada la brisa, qué raro temor el de la libertad. Las jacarandas, aún cuando estén clavadas en la tierra, son libres. La piedra pateada por el caminante, también lo es. La iguana se tragó la mariposa.

—¿Faltará mucho? —preguntó el cubano.

Lorenzo ensartó en su antebrazo los aros de tres cubetas.

—Están por abrir la entrada al público. A las diez. Vienen hechos la raya. Nunca he entendido por qué caminan con tanto apuro. Ni que se les fuera a ir el último tren.

—¿Y qué se supone que debo hacer?

Lorenzo se apoyó en la vara de la escoba:

—Portarte como un hombre —dijo.

El martes transcurrió mejor de lo que José había imaginado. El cubano se había vestido de gala. El traje, verde areca para que se integrara al entorno natural del paisaje, le quedaba cómodo. La camisa, por el contrario, tiraba de hombros. Juscelino Magalhaës había dado instrucciones de que la corbata debía ser la roja carmesí que Peggy Olmedo compró para la ocasión en una camisería francesa, pero el prisionero se había puesto corbata tres o cuatro veces en treintitrés años y no estaba dispuesto a ceder en este nudo de conflictos, por más que el campechano propuso enseñarle cómo podía amarrarse la soga sin que le estrangulara. "Si te gusta, te la regalo, Lorenzo", dijo José. Un primer espectador se le acercó minutos después de que el zoo abriera las puertas, sólo para preguntarle dónde estaban los caballos de Armenia. Era enorme, calvo y con pies de niño. El campechano, que barría la jaula de Cuco, se asomó a las rejas. Entonces, el gordo reparó en el cartel de *Homo sapiens sapiens.*

—Qué tontería. El concepto es insuficiente. Sólo la filosofía puede esclarecer las dudas de los antropólogos. ¿Quién de ustedes es González? —José y Lorenzo se miraron a los ojos. Los dos estaban en jaulas continuas, separados de la comunidad por una hilera de barrotes de acero—. Es que parecen familia.

—Soy González, para servirle.

—Todos lo somos —dijo Lorenzo—: No se hable más. Si quiere lo llevo hasta los establos de la caballería.

—De acuerdo —dijo el visitante. Al caminar, se balanceaba como un marinero en la cubierta de un barco. Junto a él, Lorenzo repetía el contoneo.

—Usted no es de por estos rumbos, ¿verdad?

—Soy puertorriqueño.

—Ándale —iba diciendo Lorenzo.

La mañana pasó volando hasta saltar el muro del mediodía. A partir de las dos de la tarde, los segundos comenzaron a alargarse. Una hora antes de cerrar el parque, José vio a una joven mongólica que lloraba por el paseo de las jacarandas. Tendría unos dieciocho años, aunque en los que padecen el síndrome de Down es difícil calcular la edad. Los mocos le colgaban de la nariz. Vestía un traje de marinera, manchado de mermelada. José se atrincheró tras el parapeto de los butacones para esquivar el encuentro, que parecía, y de hecho fue, inevitable. La mongólica llegó hasta la jaula y entre sollozos profundos le dijo que sus padres la habían abandonado. "Ayúdeme", rogaba. José se abstuvo de responder a los reclamos pero al sentir que se pegaba frentazos contra los barrotes, en plena crisis de oligofrenia, salió de la barricada y le echó encima una paletada de insultos tan sólidos que la mongólica entendió como una invitación al juego. Su risa era gástrica, estomacal, compulsiva. Esas carcajadas crisparon los nervios a José. No sabía qué hacer. Gritaba. "Vete, monga. No llores. Me vas a complicar la vida, coño. No me gustan los niños. Que no me gustan. Te meteré en la celda de Cuco para que aprendas lo que es bueno", amenazaba. Las palabras no hacían mella en aquel rostro redondo y braquicéfalo. Los padres llegaron minutos más tarde, visiblemente preocupados, pero al ver a la muchacha sentada al pie de la jaula, riendo de tripas, la boca tras un abanico de dedos para esconder sus dientes cariados, sintieron un alivio que sólo puede compararse al vacío que deja la sorpresa, o la gratitud, en el tubo del esófago. La madre abrazó a la muchacha. El padre tendió la mano a José. "Usted es una gran persona", dijo. En el hueco de la mano había un billete de cien dólares. "Dale un beso, Esperanza", dijo la madre: "Es tu amigo." José pegó la mejilla a los hierros. Fue un toque de nariz. De botón. Cuando la familia se marchaba, la mongólica volvió el rostro e hizo una mueca. Los labios del cubano se arrugaron en un gesto fiero y, entredientes, su lengua le devolvió la cortesía.

No era más que el comienzo. Pronto la fama de José conquistó otras latitudes. Un modisto local, Tigran Androsian, alias el Temible, donó una colección "de andar por casa" para que el cubano exhibiese sus quimonos en aquella novedosa vitrina, y un restorán florentino anunció el compromiso de alimentarlo de por vida, tan seguros estaban sus accionistas de que el negocio sobreviviría en la preferencia de los clientes. A la hora del almuerzo, un cocinero pelirrojo llamado Guido Golgi destapaba a ojos vista la humeante bandeja de pastas gratinadas y proclamaba a viva *voce* las recetas de la cocina italiana: ñoquis parmentier o tallarines al estragón, por ejemplo. En contra o a favor se pronunciaron catedráticos, pacifistas, religiosos, defensores de los derechos humanos, escribientes del Pen Club, voceras de ligas protectoras de animales, partidarios del ecologismo, abogados de amnistía internacional, acólitos del Vaticano, regentes de la Cruz Roja Internacional, caballeros de la Orden de Malta, hombres de izquierda, de derecha y hasta de letras. Las feministas fueron las que más alto tocaron las trompetas de protesta e hicieron del caso una bandera de lucha: ¿por qué un hombre y no una mujer debía representar a los seres humanos? Grupos xenófobos habían comenzado a escribir amenazas lapidarias en los muros del zoo. Los cabezarrapadas llegaron a repartir pasquines que exigían la deportación de los "malditos extranjeros". Magalhaës se mantuvo firme, aunque se intensificó la frecuencia de los rondines cosacos. Diríase que los hombres estaban viendo por primera vez al hombre. Las escuelas llevaban a sus alumnos para que conocieran de cerca al único animal que sueña, al único animal que ríe y que llora.

—El único, por cierto, que tropieza dos veces contra la misma piedra. Mírenlo bien. El hombre es un mamífero primate dotado de inteligencia y de un lenguaje articulado, y se distingue por su cerebro voluminoso, el peso de la masa encefálica y su posición vertical—aseguraba Peggy Olmedo a los colegiales—. Actualmente se distinguen cuatro grandes grupos de razas. El melanoderno o negro, el xantoderno o amarillo, el de las razas primitivas y, por último, el leucoderno o blanco, compuesto a su vez de diversas etnias, entre ellas, la nórdica y la dinárica. ¡Chao, José!

—Peggy, no le digas esas cosas a los muchachos.

—No se le acerquen mucho. Es muy agresivo.

—¡Ñoquis parmentier! —voceaba Guido Golgi—. Hierva las patatas en agua de sal, escúrralas y aplástelas en puré. Añada treinta gramos de mantequilla, dos huevos, sal, pimienta y nuez moscada.

El *Santa Fe Times* incluyó una larga entrevista a Regla y sus declaraciones fueron la comidilla de políticos, presos comunes y amas de casa. Desde la primera respuesta la cubana dejó en claro que se había afilado las uñas: "Santa Bárbara protege a mi hermano, y yo apoyo a la guerrera. Siempre dije que llegaría a ser un hombre importante. Y lo es." Por esos días José recibió una visita especial. Lorenzo le había advertido que el acto de los delfines despertaba vivo interés en el público infantil, de manera que la galería de los simios pasaba a un segundo plano durante la hora final de labores. La chimpancé se entretenía en reventar pulgas. Cuco descansaba en la argolla, después de un intenso ciclo de monerías. El cubano se limpiaba los dientes en el lavamanos cuando escuchó una voz que lo llamaba por su nombre. Asomó la cabeza y vio a una mujer vestida de lino que llevaba una pamela de copa estrecha. No era hermosa pero se le iluminaba el rostro cuando sonreía.

—Todos fueron a ver a los delfines. Dicen que es un gran espectáculo. Espera a que me ponga un quimono —dijo José.

—Hola. ¿Te acuerdas de mí? —dijo la mujer.

José afiló la mirada. Se anudó el quimono a la cintura.

—¿Nos conocemos? —preguntó—. ¿Eres una representante del grupo feminista que está allá afuera? Me han dicho que son muy jíbaras.

—Qué poco conoces a las mujeres. Jíbara sí, pero ¿acaso tengo pinta de feminista?

—De ninguna manera. Ya sé: vienes de una compañía de seguros. No. Quieres venderme una Biblia.

—Frío, frío...

—¿Astróloga? En serio, ¿qué haces?

—¿Qué hago? —dijo y lanzó la pamela. En un giro del vuelo, el sombrero pasó silbando entre las rejas y fue a posarse a las plantas de Cuco como una mariposa. El orangután olfateó la prenda—. Monerías. Eso hago. No es cierto. Tenía curiosidad. Digamos curiosidad femenina. Te ves muy bien, a pesar del quimono. Anoche pasaron un reportaje por la tele. Eres famoso. Entrevistaron a tu hermana. Regla, ¿no? Contó lo de la balsa. El temporal. Los tiburones. ¿Es cierto que le salvaste la vida?

—Regla exagera. Fue Perucho —dijo José. No se movía una hoja—. No soy más que un criminal.

—Yo sé que no.

—¿Y por qué tan segura?

La mujer infló los cachetes y sopló una respuesta de aire caliente.

—Porque los palos enseñan —dijo al vaciarse.

—¿Cómo te llamas? ¿La chica de la pamela?

—Te gusta poner nombretes, ¿no? Las cosas que uno imagina. Llevo semanas pensando ¿voy? ¡No voy! Voy, no voy. Voy.

—Hasta que por fin viniste —interrumpió José.

—Y ya me tengo que ir, cubano. Mi marido abrió una cafetería en la autopista a Caracol Beach. Soy chef, contadora, lavatrastes, capitán y mesera del Bizcocho Coffee Shop. De veras. Preparo unas hamburguesas deliciosas. Con papas fritas.

—Daría un brazo por unas papas fritas.

—Te traeré una bolsa gigante. Me dio alegría encontrarte—. Lo de chef lo dijo de espaldas a José, la promesa de las papas fritas la hizo frente a la jaula del saraguato. Y echó a correr. Quiso aparentar agilidad de adolescente y se le enredaron los tobillos. Cayó llorando. Lorenzo la vio levantarse.

—Sabías, José, que para desovar en sitio seguro, la anguila recorre dos mil setecientas millas náuticas, desde el Mar de los Sargazos hasta los ríos de Francia —dijo Lorenzo al entrar en la jaula del cubano. Iba leyendo una revista—. Eso es perseverancia. Te felicito. Bonita vieja. Vamos prosperando.

—¿De qué vieja hablas?

—De la que vino a visitarte. Se veía nerviosa.

—¡Me saqué la rifa del guanajo! —dijo José pero Lorenzo no se dio por aludido porque en México a los guanajos los llaman guajolotes. Guardó la revista en el bolsillo trasero de overol. "¿Puedo usar tu baño, compañero?", dijo. El sol caía tras los edificios. Los caballos relinchaban en los establos y las ranas croaban una serenata inquietante. Villa Vizcaya enrojeció: por las pajareras de las aves endémicas, se espabilaron dos rabos de nube, afilados y andarines, que batieron la tierra. Una de las mangas se alejó hacia la zona de los juegos infantiles, pero la otra, robustecida, voló a campo traviesa, tragando alimañas, y retomó presión en el paseo de las jacarandas recién florecidas. José se ajustó la cinta del quimono y se acercó a los barrotes, maravillado por el furor de la naturaleza. La ardilla Phefé corría a la velocidad de la luz, reguilete, como un ciervo huyendo de algún tigre, dos cuartas adelante del embudo, hasta que logró saltar al feudo de los bonobos. Los carreteles del viento acabaron por desenredarse en una hilacha de humo; segundos después, un maná de pétalos lilas, cucarachines y plumas de tocororos comenzó a nevar sobre las jaulas de los changos. La chimpancé cascabeleaba eufórica, si se permite la licencia literaria, y parecía cantar en senegalés. De celda en celda, siempre contra pared, Phefé llegó a los brazos del cubano. Sudaba. ¿Las ardillas sudan? "¡Cuco, compadre, este mundo está loquísimo!", dijo José. El orangután parecía asentir, ocupado en averiguar a qué fruta sabía la pamela de la lavatrastes del Bizcocho Coffee Shop. Lorenzo salió del retrete. Una mancha de orines le oscurecía la tela del overol. "No mames", dijo al ver esta escena, más propia de un mal cuento de Oscar Wilde que de la vida, la real, la nuestra, y para colmo sin tener a nadie que le sirviera de testigo: bajo un cobertor de hojas amarillas y plumones de aguiluchos, nadando en el mar morado de la porquería, José dejaba que la ardilla le mordisqueara el lóbulo de la oreja derecha —y los frecuentes estornudos de Phefé, o la baba del hocico, o el hacha de sus dientes filosos, resultaban tan placenteros que le hacían, a José, claro, llorar de la risa. "Es que no me lo vas a creer, Pariente", pensó Lorenzo: "Mejor lo olvido."

Una escena cómica y otra trágica se ligan a veces de una manera tan caprichosa que ni el diablo es capaz de prever los sucesivos amarres de la trama. Quien siga el hilo (de cabo a rabo) descubrirá que cualquier desenlace dramático puede tener su origen en una acción muy simple, demasiado simple quizás: por ejemplo, a las siete de la noche, un catalán gana una botella de whisky en una apuesta de cartas; a las ocho, un hombre de seis pies y cuatro pulgadas le sirve tres libras de bacalao a una tropa de gatos truhanes en los respiraderos de un edificio; a las doce y media, José González revienta a Lorenzo Lara contra los barrotes. Y todo por las amarguras de Pavel Sulja, pues los fines de semana que lograba resistir sin embriagarse, el largo escandinavo hacía de tripas corazón para intentar recomponer el rompecabezas de su vida, donde siempre faltaban fragmentos centrales; sólo entonces emprendía, candoroso, tareas que antes de su alcoholismo le causaban cierta satisfacción, entre ellas, retar a Sandalio Baeza a una partida de canasta, leer al sueco Peter Landelius o repartir filetes de pescado entre los felinos de la vecindad. Esas maniobras secretas, ceremoniales, le recordaban que alguna vez fue rey de reyes en la Bolsa neoyorquina, y que en más de una ocasión tocó la flauta, justo la dosis de desencanto que necesitaba su Leviatán de la Guarda para obligarlo a beber una cantimplora de vodka y avivar así la llama de su profundo desconsuelo. Pavel había sido el propietario original del inmueble, pero se decía que debió entregarlo a sus deudores después de una nefasta operación bancaria; desde 1994, habitaba un cuarto de servicio, encerrado entre credencias y poltronas que logró rescatar de los embargos. Dos domingos al mes lo veían arrastrando una catanga de muebles antiguos para vender el cargamento en algún mercado ambulante. Nadie pudo sacarle una palabra en limpio, ni Lorenzo que lo intentó un sinnúmero de sábados sobrios ni Zenaida que le pintaba monos para conseguir rones nicaragüenses a mejor precio, aunque Pavel no era mudo porque cuando se emborrachaba, Sandalio Baeza, su médico de cabecera, lo sorprendía quejándose en lenguas revueltas. Aquel sábado, al atardecer, se había sumado a la cuadrilla de gatos callejeros una siamesa en celo, seguramente extraviada de un hogar pequeño burgués porque aún traía en el cuello una correa lujosa; su sola presencia provocó de inmediato una revolución en los tejados. Pariente decidió defender derechos territoriales inalienables, con tal mala pata que le toco por contrincante un depredador abisinio, auténtico bonsai de leopardo, y en menos de lo que tarda contarlo estuvo a una pezuña de perder su ojo sano. Sandalio lo rescató en la escalera, y tan maltrecho lo vio que no fue capaz de aplicarle ni un pincelazo de yodo porque la gravedad de las heridas sobrepasaba el poder de sus cicatrizantes homeopáticos. El párpado le colgaba de un pellejo. Así las cosas, Lorenzo Lara tuvo que llevar a Pariente hasta la clínica del zoo. "Debe haberlo vencido un tigre", dijo el veterinario de guardia al practicarle los primeros auxilios. "Voy a dejarlo conmigo un par de días." El campechano iba saliendo del parque, pasada la medianoche, cuando le llamó la atención una luz de cocuyo brillando al fondo de los matorrales. Avanzó entre las jacarandas. La tortuga borbona atravesaba la avenida. El viento hacía vibrar las hojas de los álamos. José estaba sentado contra el ángulo de las rejas exteriores, sin camisa, y limpiaba sus zapatos. Un cono de luz caía sobre su cara: la sombra, perpendicular a la nariz, espesaba una barba de muchos días. El cubano cumplía un mes en cautiverio y el tiempo pesaba un quintal. La piel del tórax se hundía en el maderamen de las costillas. Guido Golgi había comentado que ni probaba sus macarrones al oporto: "Se está matando", dijo. Lorenzo pensó que no era de hambre sino de pesadumbre de lo que iba a morir aquel humano que no dejaba de cepillar los zapatos. Los solitarios saben en carne viva que la imposición de una tarea tan simple como la de pasarse doce horas frotando unos zapatos relucientes, o doce minutos recortándose un bigote, demuestra, si alguna duda cabe, que el hambre de compañía o la sed de las soledades resultan angustias físicas porque su alivio nunca depende del hambriento o del sediento sino de otro, de alguien, de un semejante que brinde un bocado de amistad o un sorbo de cariño. Así razonaba Lorenzo. El tránsito por este mundo es una moneda al aire, un milagro o una ciencia, un tedio o una aventura, una derrota o una victoria, una suerte o una maldición, un calvario o un festín, un infierno o un paraíso, pero en lo que la moneda cae cara o cruz, la vida será siempre la mejor sorpresa de la vida. Más que la muerte. Lorenzo entró en la jaula. José lo reventó contra los barrotes y se le fue encima.

—¡Qué chingaos te pasa! —gritó el campechano.

—Calladito —dijo José.

—Me ahogo.

—¿No te han dicho que soy un asesino? —José le aplicaba en el pescuezo una llave de trinquete.

—Algo escuché en la veterinaria —dijo Lorenzo sin aliento—. Será que nunca he visto uno.

—¿Qué quieres?

—Nada. A mi gato le desprendieron un párpado.

—¿Tu gato?

—Pariente. Te hablé de él. Apareció una gata. Siamesa.

—No te hagas el cabrón.

—Cómo crees. Por poco me lo matan. Te vi al pasar.

—Y te dio risa.

—No, ¿por qué me iba a dar risa?

—La gente se burla.

—Pues sí, crueles que son.

El cubano soltó su presa.

—Vete —dijo.

—¿Por qué?

—Que te vayas, dije.

—Pensé que te haría bien la visita de un amigo.

—Mira Lorenzo, soy de esos orates que cada quince o veinte años matan a un hombre de propia mano. No tengo amigos.

—Yo tampoco. En eso nos parecemos —dijo el campechano al ponerse en pie. Se abrochó el overol—. Quería hablar contigo.

—Abur —dijo José y se refugió en la recámara del fondo—. Me caigo de sueño. Otro día será.

—¡Cómo que otro día será, mamón! —exclamó Lorenzo. Ranas. Grillos. El campechano se puso a ordenar la recámara—. Vine a acompañarte. No es justo. Llego a tu casa, entro en buen plan, me estrangulas y te duermes. Yo tenía varios compromisos, algunos importantes. De veras. La señora Kropotkin quería tomar una taza de té conmigo. El doctor Sandalio Baeza me invitó a jugar canasta en el departamento de Pavel Sujla. De haberlo sabido. Híjole, me duele el cuello. Algo me rompiste acá adentro. Creo que me estoy muriendo. ¿No oíste? Te digo que me estoy muriendo—. José dio la callada por respuesta. Los mexicanos entienden la cortesía como un mandamiento. Dejar a un visitante con la palabra en la boca puede resultar una ofensa grave, motivo de duelo, y eso había hecho el áspero José después de darle por recibimiento un apretón de cuello. Restablecidas las nueces de la garganta, Lorenzo disparó una perorata en defensa de los buenos hábitos, incorporando en el discurso las tesis naturalistas de Konrad Lorenz y los postulados del *Manual de Carreño*, para acabar embelesado por la vista de Santa Fe que podía apreciarse desde la jaula.

—Híjole. Se ve bonito. Yo vivo al fondo de aquel edificio, allá atrasito está mi cuarto. ¿Dónde guardas los zapatos, compañero?

—Almorzaría ropa vieja. Y no me digas compañero —dijo José entre ronquidos.

El lunes siguiente, Lorenzo visitó a la señora Kropotkin, como iba siendo tradición una vez a la quincena, y le llevó de regalo una rosca de almendra. Para el campechano, esas meriendas tenían un valor ritual porque su disfrute introducía en la conversación temas de los que nunca había oído hablar (la vida de Igor Stravinski, la literatura de Vladimir Nabokov y la moda, tres pasiones de la rusa), pero al entrar esa tarde en el santuario Lorenzo sintió acetona en las venas. El viento azotaba las cortinas y un rayo de sol caía sobre los rombos de lo que fue un tapete afgano. Gusarapos de polvo solidificaban la luz. La señora Kropotkin estaba dormida sobre el piano, arropada bajo un chal tan fino que lo debió haber tejido una tarántula. Tenía los ojos en blanco y la piel de cebolla. Apestaba a cognac. Lorenzo le pegó la oreja en la tetilla izquierda para confirmar que seguía viva: un ruido de rueca, allá en lo hondo, le hizo pensar que sí. El fuelle de los pulmones resoplaba lastimosamente. Lorenzo se sentó en una mecedora y ocupó el tiempo en detallar el mundo de aquella rusa que no acababa de deshelarse, por más que él hacía ruidos de paquidermo en una cristalería, suficientes para despavesar a las momias del Kremlin en sus sarcófagos. Cajas de música, biombos de Kioto, doce relojes de cuerda, sin excepción detenidos en las dos y cincuentinueve minutos —¿de la madrugada?, se preguntó. Una foto del zar Nicolás II, tomada mientras caminaba por una calle de París. Siemprevivas en los floreros de porcelana. Seis abanicos sevillanos. Lorenzo abrió una de las cajas de música y fue asaltado por las notas de la *Danza Española*, del maestro Manuel de Falla. Sobre una mesa redonda, enmarcado en oro y plata, había un daguerrotipo de los Kropotkin, la noche de bodas. Lo sorprendente no eran los trajes nupciales, a simple vista lujosos, ni la espectacular escalera, sin duda parte de algún palacio en Moscú; lo increíble era la juventud de los novios, la lozanía de él, el donaire de ella, ambos largos y delgados como sendas espigas de trigo. Al límite derecho de la placa, destacaba un fabuloso piano de cola, marca Pleyel, negro. En la laca de la pintura resolaba un lamparazo de luz. Lorenzo besó a la anciana (la mejilla le supo a ceniza) y se fue sin obtener siquiera un guiño de simpatía, un adiós. Bajó a la calle con la resignación de quien desciende a un nuevo círculo del infierno. Camino a los burdeles de los ferrocarriles juró que por nada acabaría su existencia en semejante deterioro. Estaba convencido de que el hombre era el único animal dispuesto a sufrir en lugar de otro, a morir por otro. Puso en duda la máxima. ¿Lorenzo moriría por Lorenzo? Quizás. O lograba que alguien lo quisiera o se inyectaba cien miligramos de veneno para ratas. En el prostíbulo invirtió los ahorros en una coreana más cara que un televisor; durante horas le contó sus angustias, a sabiendas de que la muchacha no entendía el castellano porque acababa de aterrizar en Santa Fe y ese lunes estrenaba mañas de oficio ante un perfecto don nadie.

Lorenzo regresó a la jaula de José el miércoles, al anochecer. El cubano hojeaba *La balada de Reading Gaol.*

—Te traje pollo a la jardinera —dijo sin resentimientos—. Lo cocinó la reina Fagés. ¿Y qué tal? Tienes mejor cara que el otro día.

—¿Y si escapo?

—Ándale, otra vez.

—¿No pensaste que puedo volar de esta pajarera?

—Serás un bandido pero no un mentecato. ¿Cuánto hace que no te bañas?

José arrebató a Lorenzo el aro de llaves. El plato cayó al suelo. Las alas del pollo volaron por la estancia.

—¡Cuco: soy libre! —dijo José. Las llaves tintineaban.

—Escapar, puedes. Aunque dudo que llegues lejos. Han extremado las medidas de seguridad allá afuera. El zoo es una fortaleza. Si escapas, yo pierdo mi trabajo, que no es gran cosa, pero tú pierdes más. Sería mal negocio regresar a la cárcel. Aquí se ven las estrellas.

—¡Ay!, mi madre, le zumba el merequetén...

Cuco alargó el brazo y robó un muslo de pollo. Phefé olía el aire. Su hocico telegrafiaba mensajes. José asomó la cara entre los barrotes y dijo:

—No serías el primer hombre que mato.

Lorenzo se rascó la oreja:

—No. Si nunca soy el primero en nada. Adiós.

En su cuarto, el campechano se preparó una torta de chorizo. No soportaba dormir hambriento porque se pasaba la noche pensando en la inmensidad de la Vía Láctea —y, entre los astros, terminaba voceando el nombre de Margarito Lara—. Encendió el radio. Las noticias del día. *Crisis en Kosovo. ¿Quién mató a Luis Donaldo Colosio? Cero avance en las investigaciones. Detienen en Cuba a disidentes políticos...* Serían las cuatro de la madrugada cuando sintió llegar a la Fagés. "Trae cola", pensó al contar las pisadas de cuatro zapatos por la escalera. Zenaida siguió subiendo y tocó en su puerta. Venía sola.

—Pero mi hijo, ¿qué tú haces levantado a esta hora? Ni que fueras lechuza.

—Nada. No hago nada. Me desvelé.

—Tómate un librium. ¿Me prestas un poco de azúcar? Es que muero por una taza de café —dijo y bostezó. Tenía los ojos rojos—. Y Gigi se me va a quedar dormida en la puerta. Cómo ronca Gigi...

—¿Gigi?

—Gigi Col, una amiga del cabaret. ¿Estabas de guardia?

—Los viejos dormimos poco. Algo pasó en Yugoslavia pero no me acuerdo...

—Ese Luna Club va a acabar conmigo...

—¿Puedo hacerte una pregunta?

Zenaida hizo unos pasos de twist y dijo:

—Te conozco. Piensas que soy una puta, ¿verdad?

—Qué dices.

—Que despalillo hombres en mi cuarto. A muchos les pasa: se enteran de que trabajo en un cabaret y comienzan a abrirse la portañuela. No soy puta, Lorenzo. Nunca podré serlo. Me faltan timbales para eso. Las apariencias engañan.

—Perdón.

—No se hable más del asunto. ¿Qué querías saber?

—Es que le oí a José una frase...

—Gracias por el azúcar. Dime.

—¿Qué quiere decir "le zumba el merequetén"?

—¡Le zumba el merequetén que a las cuatro de la mañana te pregunten qué significa le zumba el merequetén! En Cuba es una frase de asombro, tal vez de desconcierto... Pero cuéntame, ¿le gustó el arroz a José?

—Para no mentir, Lorenzo mencionó las palabras ropa y vieja. "Le ronca el clarinete: así que el niño quiere ropa vieja", iba comentando la mulata al bajar los primeros (o los últimos) peldaños de la escalera. Regresó sobre sus pasos. "¿Y mi beso?" Lorenzo la besó en la frente. Caramelo. Zenaida se deslizó por el pasamanos. Recostado a la puerta, el campechano se lamía el bigote. Tarareó una tonada: *No sé qué tienen las flores, Llorona, las flores del camposanto, que cuando las mueve el viento, Llorona, parece que están llorando*... Daba pena oírlo. Nadie debería cantar estando triste.

Los cubanos dan por verdad bien sabida que San Pedro almuerza ropa vieja los domingos. Si el misterio de los frijoles negros radica en media cucharada de azúcar, decía Zenaida, una hoja de laurel es el secreto de la ropa vieja, amén del vino seco. La receta puede encontrarse en cualquier libro. Se separa en hilachas una libra de falda, previamente hervida, y se mezcla con un sofrito de ajo en manteca caliente, una cebolla picada, pimiento rojo, si se quiere perejil; luego se rocían polvos de orégano y comino, al gusto. Los ingredientes se ahogan en el caldo y el cocido se pone a fuego mediano. La diferencia entre una buena ropa vieja y una mala, según la chef matancera, depende de la siguiente pregunta: ¿en qué momento dejamos caer la hoja de laurel? La exactitud de la respuesta define la precisión del sabor. Lorenzo no prestó mucho interés al recetario. Estaba ansioso. Quería darle la sorpresa a José. Había dejado de visitarlo varias noches para que no quedaran dudas de su mortificación ante los muchos desplantes del cubano. "Misión cumplida", dijo Zenaida al desaparecer en el hueco de la escalera: "Me quedó de rechupete." En el vestíbulo, el portero le recordó a Lorenzo que debía tres mensualidades. Al salir encontró al largo y silencioso Pavel Sulja que regresaba de la licorería con la gabardina preñada de Ketel One, su vodka predilecto. Bebía a pico de botella, sin que la acción demeritara su elegancia. Los ejercicios de la señora Kropotkin apenas se oían desde el nivel de la calle: el arte no llega tan bajo. Buena parte de la vida se consume en insignificancias.

José y Lorenzo se sentaron en los butacones de mimbre. Esta vez el cubano fue condescendiente por una razón de olfato: los humos de la ropa vieja le habían cambiado el humor.

—Yo no sabía que la Princesa Diana murió en un accidente —dijo José—. John Glenn volvió al cosmos. Lo leí en un periódico que me regaló una señora.

—Debe ser Berta. Vive cerca. Adora los animales.

—Gracias por el cumplido.

—Perdón. No quise ofender. Berta trabajaba en la florería del zoo. Trae granos de elote a las palomas, pan de centeno a los tucanes y galletas de soya a la chimpancé—. Cuco se tiró el nubarrón de un pedo—. A partir de hoy no te faltará el periódico cada tarde.

Cuco no quitaba los ojos del plato.

—Odio al gorila —dijo José.

—Será al orangután. Equivocar las especies puede costar caro. En África apenas quedan unos doscientos orangutanes. Mueren ametrallados. Los de Borneo han tenido mejor suerte. Cuco nació en Villa Vizcaya. Llegarás a estimarlo. Cuestión de tiempo.

—Tiempo me sobra.

—El tiempo nunca sobra: siempre falta. ¿Conoces la pajarera de la urraca, la pradera africana, la nevera de los osos polares?

—No.

—¿Y el estanque de los patos?

—Tampoco.

—¿Que tal si damos una vuelta? —se atrevió a decir Lorenzo. Enseguida se arrepintió de la frase, pero era tarde: tendría que asumir el riesgo. Abrió la puerta de la jaula. Phefé los siguió de rama en rama.

El elefante, constante, decía no con la trompa: no, no, no. No que no. Los elefantes siempre dicen no. José se sintió un inútil cuando echó a andar por el paseo de las jacarandas sin esposas en las muñecas ni custodios a sus espaldas. En la pista del lago, un pelícano y un cisne ensayaban vuelo: cómo, cretinos, si tienen las alas partidas, pensó José. Una tortuga, una piedra, un fósil, una ruina a la orilla del pantano: Phefé le aplastó el ojo a la tortuga. Qué loca, pensó José. Hacía frío. Mucho frío. Bajo sus pies la tierra se ablandaba como flan de leche. Sólo en el asombro encontraba un poco de calor. Los engranajes de sus extremidades estaban habituados a accionar sobre suelo firme, de cemento carcelario, y se desajustaban al tropezar con una simple piedra en la oscuridad. Esa falta de sincronismo entre la cadera y los tobillos resultaba grata, aunque confusa, y sólo podía compararse a la experiencia de aprender a caminar de nuevo. Cuando a un accidentado le quitan el yeso de las piernas, el primer temor es que nunca se volverá a correr. El cuerpo flaquea. Las resoluciones del cerebro se desvirtúan en algún ensamble nervioso y ninguno de los órganos motores responde las órdenes. La impresión de que no se recuperarán las habilidades es afortunadamente transitoria: metro a metro, se van activando los tonos musculares, los engranes de los meniscos y la sensibilidad del talón. En el reclusorio, los presos tenían derecho a treinta minutos de esparcimiento al aire libre, siempre en horas del mediodía, pero no estaba permitido salir después del atardecer, por lo cual José llevaba cinco mil noches sin caminar bajo los astros y en tanto tiempo había acabado por borrar esa maravillosa sensación de timidez que invade al espíritu cuando uno se deja llevar por el canto de las cigarras, el sonoro velamen de los árboles y los femeninos rayos de la luna. El león dormía sobre una roca, en el palacio de la pradera. El jabalí peloteaba un melón de Castilla. La cebra se rascaba el lomo contra la cerca. Contra la cerca. El lomo. La cebra. La jirafa, ¿de piel o de cera? José vio subir a Phefé por el cuello de la jirafa. Las cabras estaban encerradas en un establo: batían cuernos, perfeccionando la armería. De pronto, a José le dio un dolor que no fue capaz de focalizar en ninguna parte del cuerpo: una punzada "adentro", en esa cavidad que gravita entre la columna vertebral y los doce pares de costillas. Sin proponérselo, tampoco sin poderlo evitar, había cruzado el puente que separa los extremos de la euforia y de la furia. Repasó mentalmente todas y cada una de sus rabietas en la cárcel para comparar si aquellas contracciones se debían a un proceso de arrepentimiento trasnochado, pero desestimó la idea porque nunca había sido hombre de andar compadeciéndose: incrédulo, tardo o pasmado no iba a permitirse ese complejo de culpa, mucho menos entre monos y pavorreales cautivos, y además cerca de un mexicano que andaba por el jardín con la seguridad de un ciego en un pasadizo secreto. La caimana flotaba en el canal de desagüe. Dos cachorros de osos pandas rodaban como aros. La ardilla se paró sobre el hocico de la foca. La foca le hizo dar una cabriola en el aire. *Billy the Kid se casó con la pequeña Lulú...* El hipopótamo abría la boca para tragar luciérnagas. La hiena manchada daba rondas en la jaula: la hiena presa, hiena culpable, pensó José. Grillos. Sapos toros. A un lado del camino, según se va desde la galería de los simios al estanque de los patos, en un campo seco, sin pasto, un rinoceronte embestía su sombra de luna, se pateaba, se corneaba. Aquel rinoceronte se odiaba. Tiene que odiarse, pensó José. ¿Y Lorenzo? ¿Qué de Lorenzo? Nada. Lorenzo callado. Buscaba una oportunidad para contar lo único que había aprendido en la vida. Llegaron al estanque. La luna se ahogaba en aguas muertas. Dos patos dormían cuello contra cuello como nenúfares blancos. Para el cubano, esa noche era la noche más noche de sus últimos años. Quizás la única, pensó. Habló Lorenzo. Su padre, el sindicalista Margarito Lara, había trabajado tres décadas en el zoo de Santa Fe. Siempre decía compañero. Fue él quien le enseñó que el hombre no es sólo el único animal que ríe y que llora, como dicen las guías. El hombre, afirmaba, es el único animal dispuesto a sufrir en lugar de otro. Las ranas croaban en las enredaderas. “Más ranas que chinos”, pensó José.

—Eso decía Margarito. Que el hombre es el único animal dispuesto a poner el pecho a la bala que va al pecho de otro.

—Qué luna —dijo el cubano.

—¿Me oíste? Dije que semejante tontería no la cometen los leones ni los camellos ni los cerdos. Pregúntale a la cebra.

—Las hembras madres se sacrifican por sus críos.

—Instinto... No conciencia —dijo Lorenzo.

—¿Dónde está Phefé? —preguntó José.

—Phefé se fue, compañero.

—Te dije que no me llames compañero.

—Bien, bien, bien: olvida lo de compañero. Si ni caso me haces. Soy un cero a la izquierda. Un monigote. Un perfecto obtuso. Bueno para nada, ¿verdad?

—Suave, Lorenzo.

—Debo tres meses de renta.

—¿Y qué fue de tu viejo?

—¿Papá? Papá falleció. Se lo llevó el cáncer. Eché a volar sus cenizas en el arroyo. Leí en un periódico que tu madre murió joven.

—Sí. De parto. Fue la primera persona que maté aun sin haber nacido. Aparece doce segundos en una película. Tengo ganas de verla. Doce segundos. Un tin: ella viene corriendo, mira a cámara y le cae un cake de merengue en la nariz. Reía bonito, mamá.

—Ahora entiendo de dónde te viene la veta artística: eres hijo de una actriz de cine.

—No, de una manicuri. Ella había ido al Vedado por no sé qué asunto y al pasar por la esquina de 12 y Zapata se quedó mirando a los del cine, que filmaban una guerra de pasteles. Alguien le pidió que participara en una toma y ahí está. De extra. Doce segundos. Es la única imagen que tengo de Rita Alea: delante, detrás o adentro del cabrón cementerio. Eso fue allá por los sesenta. Yo no había nacido. Todas las vacaciones, mi padre nos llevaba a ver *La muerte de un burócrata.* Esa jornada de confesiones, José reveló a Lorenzo una pena que se había tragado durante años: nunca había hecho el amor con una mujer. Estuvo cerca de los misterios del sexo aquella medianoche enredada en que había tenido que escabechar a Wesley Cravan. La revelación era profunda pero breve. No había mucho más que añadir. Un verbo (hacer), un par de sustantivos (mujer y amor), y dos adverbios, uno de tiempo (nunca) y otro de negación (no). Entre líneas, el cubano dejaba abierta la posibilidad de alguna relación homosexual en la cárcel, pero Lorenzo evitó entrar en esos territorios porque sabía que sus juicios morales no eran del todo confiables y cualquier frivolidad podía costarle caro. Un albatros pasó volando a ras del agua. "Vámonos", dijo José. Un segundo más en libertad y hubiera echado a correr hasta La Habana. *El león ha comido, el tigre ha comido, el elefante inmenso como la paz ha comido. El camello ha bebido, la cebra se ha dormido, y el mono viejo tiene su sitio en el asombro*, escribió Eliseo Diego. Sólo el rinoceronte seguía corriendo por el prado reseco, perseguido ahora por una banda de murciélagos. O por nadie. Su pesado trote levantaba embudos de polvo. La tierra retumbaba. Lorenzo dejó que José se adelantara. ¿Qué decirle? El campechano era un "animal de rebaño". Un cero a la derecha. Ningún amigo le había pedido consejo en la vida. Jamás lo necesitaron: "Soy bueno para nada." Tenía intención de ayudar, de sentirse útil. Pero, ¿cómo? ¿Cómo? ¡Qué difícil! Cómo se responde a la pregunta cómo. En la jaula, José leía el capítulo sexto de *Teleny*, la novela maldita de Oscar Wilde.

—Lorenzo, ¿conoces a un tal lord Alfred Douglas?

—No, pero le pregunto a Juscelino. Vienen tantas personas a visitarte. Por lo de lord, debe ser una persona muy distinguida —dijo Lorenzo y deslizó un comentario sobre el rito copular de los marsupiales australianos.

—¡Qué me importan los marsupiales australianos!

—Pues sí, tienes razón. ¡Pinches marsupiales!

—¿Por qué confiaste en mí?

—No sé.

—Pude haber huido.

—Sin duda. Cómo impedirlo.

—No somos amigos —dijo José sin levantar la vista.

El campechano se frotó los ojos.

—Si tú lo dices. Como quieras. No somos amigos.

—Es que no lo somos. Ni sé por qué te conté lo que te conté.

—Lo borro. Ya.

—Se rompió el lavamanos.

—Ni modo, señor González.

—¡Señor González!

—Así es la vida: los lavamanos a veces se rompen.

—Esas llaves no sirven para nada—. José se encaró a Lorenzo—. Me molesta que gotee. Es una tortura.

—Te entiendo. Chinga y chinga la cabrona gota.

—Haz tu trabajo.

—Mi trabajo es cuidar los monos de Spielberg, compañero.

—No me digas compañero.

—Bromeaba. Mañana.

—Mañana, ¿qué?

—Mañana arreglo el lavamanos.

—Salúdame a Zenaida.

—Ni siquiera sé si te gustó la ropa vieja —susurró Lorenzo y se marchó. El viento y la luna se habían puesto de acuerdo para enrarecer la noche. Cuco daba la cara. Las ráfagas le secaban los lagrimales. Pestañeaba. José apagó la luz.

La ventolera hacía trompos en los callejones. Pavel Sulja gaseaba su borrachera bajo los medidores eléctricos, en los respiraderos del edificio. Lorenzo sumó sus esfuerzos a los de Sandalio Baeza y entre los dos intentaron alzarlo en la gabardina escarlata, pero hubiera hecho falta una grúa para sacarlo de la laguna de vodka en la que se había hundido. La gata siamesa se restregaba contra sus muslos. "Vamos, Pavel", decía el homeópata, "no te pongas farruco, mira que tu corazón es un guiñapo."

El escandinavo manoteaba a las tontas y a las locas, como defendiéndose de un escuadrón de abejas, y no había rescatista que se le acercara sin exponerse. "Me cago en Ceuta", exclamó Sandalio y se sentó junto al alcohólico: "Tú duérmete, Lara; yo me ocupo." Lorenzo le dio de comer a Pariente. Dorremifasolasí. La sombra de la señora Kropotkin martillaba el piano tras las cortinas del balcón: era una raya, una hoz, un martillo, un esqueleto jorobado. Silasolfamirredó. Zenaida trajinaba en su cocina. Se oía el silbido de una olla de presión. Los bálsamos del ajo y del ají ascendían por el respiradero, dando cuenta de que la mulata cocinaba quimbombó. Lorenzo bajó un piso. Quiso tocar a la puerta. Se contuvo. Pegó la oreja en el filo del marco. La sintió chancletear por la estancia. Entonces resonaron los pasos de Sandalio, que subía las escaleras, maldiciendo en catalán, y Lorenzo volvió a la azotea. El gato parecía observar el firmamento desde la poza del lavadero: la luna, la mexicana, la que se quiebra, la que se quiebra sobre las tinieblas, las tinieblas de la soledad, hizo chispa en su pupila esmeralda. "¡Coño, qué cansada estoy, caballero!", gritó Zenaida. Tic tac. Tic tac. Lorenzo se puso a hojear la Guía Telefónica de Caracol Beach. De ese calibre era su aburrimiento. Entre las páginas de servicios a la comunidad encontró, en un sobre Manila, la foto de un señor pequeñito. Es el sindicalista Margarito Lara. Tiene escoba por fusil y hace malabares sobre una barca, rodeado de pelícanos grises. Una dedicatoria manuscrita: *Hijo, no olvides que el cielo puede ser tomado por asalto. La mejor manera de estar a favor de la vida es estando en contra. Pelea. Te espero en la cubeta de la Osa Mayor, donde reposan los valientes.* Por el borde superior de la imagen vuela un tucán fugitivo. Lorenzo quiso revivir algún episodio de su adolescencia; el referente más claro fue un plomizo olor a gasolina. Los recuerdos lo arrastraron hasta cierto garaje de Mérida donde, a los quince años, se hizo hombre entre las gambas de una yucateca disoluta. Se llamaba Carmenza.

Era una señora grande, de pezones prietos, empleada de un taller mecánico. Él hubiera preferido evocar otra escena, una cualquiera, por ejemplo aquel juego de futbol que disputaron en Ciudad del Carmen las reservas del América y el Necaxa, pero la abulia es tirana. La luna, indiscreta, resplandecía sobre los techos vecinos. Las nubes: locomotoras. Tren de noche. Allí terminó el día, envuelto en la sombra de Carmenza.

El hombre es el único animal dispuesto a sufrir en lugar de un semejante, a morir por él. José apuntó la frase en el almanaque de pared. El ejemplar de *Teleny* había quedado sobre el kilim y el viento manoteaba las páginas. Un Oscar Wilde azul turquesa, impreso en el forro de cubierta, hizo unos virtuosos tirabuzones antes de salir disparado entre las rejas. Toda la noche, gota a gota, José soñó que había una gata en la ventana.

Segundo solo de Zenaida

Todavía ante el mostrador del McDonald's, mientras esperaba sus tres hamburguesas para llevar, Lorenzo Lara dudaba si sería buena idea romper una rutina de tantos treintiuno de diciembre, pero al anochecer decidió que no estaría mal darle una sorpresa porque ellos se consideraban amigos y los amigos, había oído decir, tienen algunos derechos naturales: en lugar de recibir 1999 comiendo carne molida, se recortó el bigote, estrenó la corbata rojo carmesí y fue al Luna Club, el reino de Zenaida Fagés. Eligió una mesa del fondo, seguro de que la aureola de su timidez lo haría el cliente más notorio del salón. El cabaret apestaba a calcetín. Cuando su pupila se acostumbró a la oscuridad pensó que hubiera sido mejor quedarse en casa. Doce bebedores ocupaban las banquetas del bar y unas veinte parejas se peleaban a patadas por bailar en la pista, al pie del pequeño escenario donde una tropa de coristas usadas meneaban sus esqueletos al compás de un son caribeño que interpretaba La Dulce Colmena de Refugio Cuní, un conjunto de encueratrices de gira por Santa Fe. La rumbera en turno, quizás la mismísima Refugio, imponía su voz por encima de los ruidos y la pachanga: al cantar miraba hacia los seguidores del techo, y esa altivez le permitía mantener a flote su dignidad profesional, evidenciando espuelas artísticas. La noche iba de mal en peor: el contagioso número servía para acentuar la mala educación de los clientes, quizás más interesados en tallarse los cuerpos que en disfrutar la Navidad. En la recta final del espectáculo, que hasta ese momento había transcurrido entre merengues y chachachás, apareció en una parihuela de juncos, vestida de tul, la reina Fagés. Redobles. Las pestañas postizas debían estar hechas de pelos de foca. Llevaba en la frente una estrella solitaria, recortada en papel de plata. *¡Cuándo volverá la Nochebuena, cuándo volverá, el lechoncito!...*, tocaba La Dulce Colmena de Refugio Cuní. Los abucheos no se hicieron esperar. Alguien podría suponer que estaban cazando a la mulata.

Lorenzo se aferró a la insostenible idea de que los habituales del Luna Club practicaran el raro hábito de ovacionar chiflando, aunque no era necesario ser crítico de danza para darse cuenta de que Zenaida marcaba el paso sin respetar el concepto básico de sincronía entre la música y el movimiento. La clave iba por un lado y su cadera por otro. Movía los hombros con la gracia de una esquimal de Alaska y accionaba las piernas como pistones desnivelados. Las dos veces que amagó una pirueta sandunguera estuvo a punto de caer sobre las mesas de pista. A los pocos minutos, por fortuna, la mulata mandó a todos al carajo y desapareció tras las cortinas del escenario, batiendo el fondillo, ahora sí, a la cubana, en un final de nalgas galopantes. Los aplausos de Lorenzo no alcanzaron para aplacar la escandalera. Las instrumentistas de La Dulce Colmena entraron en el ruedo y Refugio Cuní cantó un tema de Pancho Céspedes, gracias a lo cual se calmaron los cacareos del gallinero y los malos sabores de la reina Fagés pasaron al olvido. *¡Esta vida loca, loca, loca!...* Lorenzo pagó la cuenta y se fue del Luna Club.

—Te buscan, Zenaida —dijo una de las coristas al entrar en el camerino: Gigi Col, un terremoto de Tijuana.

—Dile que me fui, Gigi —dijo la mulata—. El horno no está para pastelitos de guayaba.

—Usted la oyó. La reina Fagés dice que salió por unos pastelitos. Venga al rato —dijo Gigi Col.

La reina Fagés miró a través del espejo. Bajo el arco de la puerta, Lorenzo sonreía.

—¿Qué muerto te trae por este cementerio? —dijo Zenaida. Se despegó una pestaña postiza. Dolió—. Bonita corbata.

—Te veías espléndida —dijo Lorenzo.

—No jeringues, Larita. Estas pestañas apestan.

—Son de foca —comentó Gigi.

—De veras, te veías espléndida. Lo juro.

—¿Por quién me lo juras?

Lorenzo no tenía por quién jurar.

—Qué bueno que viniste. Lo que pasa conviene. Pero no le cuentes al encargado. Laurent La Vaca cree que soy una artista de fama mundial. Sí: son de focas.

Gigi Col se paseaba desnuda por el camerino. Tenía un águila azteca tatuada en la nalga derecha.

—Quiérete, Zenaida —dijo Lorenzo.

La mulata le clavó una mirada de espinas.

Lorenzo se sintió un trapo. Dijo:

—José, el cubano del zoo, ¿te acuerdas?, necesita saber quién es lord Alfred Douglas. —Fue lo primero que se le ocurrió. Zenaida guardó su paleta de cosméticos baratos en la mochila. Se borró el carmín de los labios.

—José que espere —dijo autoritaria.

José que espere. Ella tenía ganas de caminar por la orilla del mar. La luna era una medalla de la Virgen de la Caridad en el cuello de la noche. Lorenzo propuso cenar algo. "Una botana", dijo. Zenaida, tacones en mano, se dejaba mojar los pies. "No tengo apetito", dijo: "¿En Galicia hay playas?" Cangrejos, cientos de cangrejos entre los cocoteros. "¿Cuál es la Osa Mayor?", dijo Lorenzo: "Cuando yo era niño, en Ciudad del Carmen, mi padre me enseñó dónde está la constelación, pero ahora, en Santa

Fe, no la encuentro. Tiene forma de cubeta, decía papá." Una gaviota volaba a contra ráfaga, sin avanzar un palmo en la noche. Un hombre enorme y totalmente calvo reposaba en un sillón de salvavidas. La gaviota parecía una bandera al viento.

—Qué hubo, Sam —dijo Zenaida al calvo.

—Qué hubo, Zeny.

El hombre echó a andar rumbo a la avenida costera. Se hundía en la arena hasta los tobillos, balanceándose de un lado a otro, como marinero en la cubierta de un barco. A Lorenzo se le hizo conocido.

—¡Qué va! Yo me voy —dijo Zenaida—. Más claro ni el agua. Lord Alfred Douglas fue el hijo del marqués de Queensberry. Oí hablar de él en el pedagógico.

—¿Y quién fue el marqués de Queensberry?

—Hasta ahí no llego pero te lo averiguo. Consultaré los diccionarios. Nunca me gradué.

La noche continuó en el cuarto de la mulata. Un colchón en el piso, una lámpara, una pequeña grabadora, cuatro maletas y un par de sillones del largo Pavel Sulja eran las únicas señales de vida en aquella habitación demasiado fría para ser de mujer y de cubana. Pariente entró por la ventana. Traía un gorrión entredientes. Zenaida puso a calentar café.

—Si no les gusta como bailo, ¡que contraten dominicanas! —Lorenzo conocía a Zenaida. Se sentó en el colchón. La dejó hablar: era su diosa—. La gente supone que debo ser una gran rumbera. Cubana y negra, dos puntos: rumbera. Pero Sonia Calero es blanca. Dicen: los negros son pimienta molida, picapica, ¡muchacha!, traen el baile en la sangre. Eso dicen. Pues no. Yo no, compañero. Yo no. ¿Qué te parece? ¿Cómo te cae? Quita la colcha de la cama. Está de mírame y no me toques.

—El café, Zenaida.

—¿El café? No me mandes a callar, Lorenzo: no me mandes a callar porque exploto. Soy lo que Makarenko llamaría una niche atípica. Una rareza de feria. Debería estar en lugar de José. Me gustan las matemáticas, la geometría, los logaritmos. A ver, ¿por qué no voy a saber quién fue lord Douglas, hijo del marqués de Queensberry? ¿Por qué? Porque soy negra, Lorenzo. Se cae de la mata. Porque soy negra. —Zenaida abrió las ventanas. Cara al mundo, gritó—: ¡Patria o Muerte, coño! —Y pegó un puñetazo en la pared. Siempre de espaldas, retomó el hilo del monólogo, más calmada—. Uno de mis cuatro bisabuelos era gallego y una de mis bisabuelas, canaria. Es verdad: los otros seis eran negros. Lo siento: tiro para Galicia. Soy patona y a mucha honra. Canto mal. Bailo mal. Conozco poco de santería. Confundo a Yemayá con Babalú Ayé. Quiero visitar Madrid no el Congo Brazaville. Y si les gusta bien y si no también. ¡Venceremos!

—El café...

—¡Concho, el café!—. El café se había consumido en el jarro. La habitación olía a corcho quemado.

—Lo que sucede es que no te dejaron desarrollar la coreografía —dijo Lorenzo por decir—. No me considero un experto, pero me late que en tu número había un ambiente exótico muy prometedor. Se comportaron como animales. Me gustó bastante.

Zenaida puso los brazos en jarra.

—No chives. Le voy a pedir una colcha al negrito de los Reyes Magos.

La señora Kropotkin al piano. De nuevo las escalas: Dorremifasolasí. Silasolfamirredó. Lorenzo dijo al oído de Zenaida:

—José nunca ha hecho el amor con una mujer.

—*¡Esta vida loca, loca, loca!...* Los rusos me persiguen.

—Bájale, Zenaida.

—Qué diciembre tan perro. Si la sol fa mi re do... Estoy recondenada —dijo la cubana. Limpió el sarro del café—. ¡Ay!, señora Kropotkin... ¿A quién se le ocurre aprender a tocar el piano a los ochenticuatro años? Candela.

—José... —intentó decir Lorenzo.

—José que espere.

—¿Mande?

—Ustedes siempre dicen "mande". Los cubanos jamás. Así que José nunca ha templado. ¡Ja, ja! ¿Y tú le creíste?

—Pues sí, ¿por qué habría de mentirme?

—El pobre.

—¿Pobre? Los cubanos siempre dicen "el pobre".

—De cariño —dijo Zenaida. Suspiró hondo—. Apliquemos lo aprendido. Presidiario sin mujer, multiplicado por treintitrés años y dividido entre dos, da una matancera llamada Zenaida Fagés. Lo que queda demostrado: la negra tiene que templarse al mono.

—Perdón. No quise ofender. Pensé que tal vez conocieras a alguien. Olvídalo. No dije nada.

—Es que me voy del país, Lorenzo.

—Si acabas de llegar a Santa Fe. La Habana, Lima, Ciudad de Panamá, San José de Costa Rica, Cancún, Miami...

—Me perdí Nicaragua. Tenía todo listo. La mochila, los cuadernos de clase, la linterna...

—¿A dónde vas?

—El lugar es lo único que me falta por decidir. ¡Qué final de cabaret, mi madre! ¿Se oyó cuando los mandé a todos al carajo? —Zenaida no esperó respuesta—. Mis tesoros caben en esas cuatro maletas. En la maleta A1 guardo la ropa fina. En la maleta A2 la del trajín. En la A3 los regalitos. La A4 está vacía. Se supone que allí archivo y clasifico la correspondencia que me llega de La Habana. ¿Habré ganado la lotería? Nunca cambio mis números. El 8, día de la Virgen de la Caridad. El 13 que es de suerte. El 19 porque el 19 de mayo me subí al avión rumbo a Lima. El 21, la edad que yo tenía entonces. El 24 por aquello de la Nochebuena. El 34 no sé: porque no me gusta el 33, que es chivato. A veces el 41 y a veces el 47. Me voy, Lorenzo. Este país no se hizo para mí. ¿En

Santiago de Compostela hay carnavales? Si no, le hago la media a José.

—¿La media?

—Es decir, el amor. Qué mas da. María Coronado decía que yo iba a sufrir mucho porque tengo cara, cuerpo y vocabulario de prostituta y no lo soy: me gusta la calentura, me encanta, pero tengo principios. Tres o cuatro principios. Suficientes. Nunca he templado en una jaula.

—Me asustas.

—Debe ser divertido. Tic tac. Solidaridad. Tic tac. Solidaridad con los pueblos hermanos del mundo. Tic tac. ¡Solidaridad! ¡Solidaridad con los que sufren, los solitarios, las funestas carcamales como yo! Así decíamos en Cuba. Yo también me asusto de mí, Lorenzo. ¿Santiago de Compostela queda en Galicia? ¿Y Galicia dónde está?

—Híjole.

—¿Por qué no te afeitas el bigote?

—Porque no.

—Buena respuesta. Buenísima.

Lorenzo sintió que se ahogaba. De joven, en los circos trotamundos, había padecido esporádicas crisis respiratorias. Ahora eran espasmos de encabronamiento, toques de la pinche vida. Hay criaturas a las que les va como en feria, sin comerla ni beberla. Nacen crucificadas. Hombres o animales. Dios, pensaba el campechano, debía estar cumpliendo unos doce o trece años. Sólo así el habitante común y corriente de este reino terrenal podía entender las genialidades, misterios y caprichos del universo: como la obra suprema de un inocente. Lorenzo se asomó a la ventana. Silasolfamirredó. Las escalas de la señora Kropotkin se habían ido debilitando. Entre una nota y otra se extendía una pausa llana. Do... Pavel Sulja venía por la acera, enfardado en su gabardina escarlata, y cada tres pasos debía recostarse en el hombro de Sandalio; Re... Los vecinos del edificio de enfrente habían puesto un árbol de Navidad. Acababan de mudarse al barrio. Se escuchaban villancicos. Mi... Un ratón corría por un cable callejero. Rápido. Fa... En el departamento del árbol de Navidad, un hombre canoso hablaba por teléfono. Vociferaba. Colgó. Sol... La... Un disco de aluminio bloqueaba la marcha: el ratón giró sobre su eje, perdió el equilibrio y cayó dando vueltas de trompo. Lorenzo se encogió los hombros. Contó hasta tres. Uno, dos y tres. El golpe. Esperó por el Si. No: nunca llegó. La nota. Si. Ni modo. Pavel Sulja recogió el ratón, todavía pataleando en un charco de sangre negra. Cuatro pasos adelante, lo echó en un tanque de basura. Zenaida se acercó a Lorenzo. Le dio una nalgada.

—Yo sé, Larita: Galicia está al norte de España, pegada a Andalucía. No: en el centro. Abajo de Asturias —dijo.

—¿Qué hacemos, vecina?

—"Caca y la vendemos."

—Estoy hablando en serio.

—Ése es tu lío. Yo no quiero hablar en serio.

—Propón algo.

—Algo. Esto no... Esto no... Esto tampoco. Ya sé. Voy a investigar sobre la vida y milagros de lord Alfred Douglas.

—¿No oyes la música?

—Sí, la oigo.

—La gente está festejando. Los vecinos del edificio de enfrente pusieron un árbol precioso. El tedio me mata.

—Sin dramatismo, Larita, sin dramatismo.

—Híjole: vamos a visitar a José.

—Ni muerta entro yo en un zoológico de noche.

—Me siento un guajolote sentado aquí, bebiendo un café que sabe a corcho. Es año nuevo. Se supone que uno debe hacer planes, juramentos, regalos. ¿Sabes por qué no me afeito? De veras quieres saberlo. Me lo has preguntado muchas veces... No me afeito porque gracias a este bigote me paso doce minutos frente al espejo, con la navaja de papá en la mano, una navaja tan afilada que corta un cabello en dos. Doce minutos sin pensar en otra cosa...

—*La vida no vale nada si se sorprende a un hermano...*

—Y dime, si no me afeito ¿qué hago? ¡Qué! Otros doce minutos más, vacíos, inútiles, huecos... ¡Ni madres! Hay días que despierto nervioso y el pulso me traiciona. Así temblequeaba en la tarde, porque hoy me afeité dos veces, por la mañana y antes de ir al Luna Club. Desde que me unto el jabón, sé que fallaré. Odio la sangre. Por eso se va afinando el bigote: porque no siempre puedo controlar el pulso. Se me pasa la mano. Un tajo milimétrico. Un movimiento en falso. Y tengo que emparejarlo. Los bigotes deben guardar proporciones. Antes era frondoso. Ni modo, ahora es un hilito... A veces lo remarco con un delineador de cejas.

—Lorenzo.

—No tendré más remedio que cortarlo algún día... Me voy.

—No te vayas, muchacho. Mira, podemos intentar muchas cosas. Abrir una lata de casquitos de guayaba, romperle el piano a la señora Kropotkin o cagarnos en la mala hora en que nacimos escachados. O cantar, Lorenzo, cantar: *Si se sorprende a un hermano, cuando supe de antemano lo que se le preparaba...* Canta conmigo...

—Todos estamos trastornados. ¿Tú tampoco tienes un cabrón amigo a quien llamar por teléfono y pedirle que te invite una copa? Un pariente, un hermano, un primo segundo, no sé. Alguien. Un perro. Un guajolote. Alguien. ¿No que eres socita de medio mundo, mi reina? ¿No que sí?

—Lorenzo, chico...

—Conozco al señor que saludaste en la playa. El puertorriqueño ése que se cree filósofo aunque tiene pinta de judicial. Fue al zoo, hace meses, preguntando en la jaula de José por los caballos de Armenia. Te imaginas. ¡Caballos de Armenia!

—Sam. Se llama Sam Ramos. Un buen amigo.

—¡Caballos de Armenia! No existe esa raza. ¡Ah!, no, pero Sam Ramos, o como se llame el gordo, quería ver los caballos de Armenia, y chinga y chinga con los malditos caballos de Armenia, ¡caballos de Armenia!, porque su yerno dice que los caballos de Armenia son únicos en el mundo, y su yerno nunca miente; entonces yo lo llevé al establo de los caballos mexicanos y le dije "aquí están los famosos caballos de Armenia, compañero" y asunto resuelto.

—Lorenzo... Lorenzo de mi vida.

—¿Sabes cuánta gente vive en esta ciudad?

—Lorenzo de mi amor, Lorenzo pedacito de mi corazón...

—Un chingo. Mira qué cantidad de luces y yo sólo sé dónde se apagan cuatro o cinco focos.

—Ya, compadre, escúchame —reventó Zenaida.

—¿Qué pasa? ¿Por qué me gritas? ¿Qué dije? Yo no he hecho nada. Nada. Perdón.

—Lorenzo, Lorenzo, Lorenzo, quédate a dormir conmigo, anda —dijo la mulata. Taconeó sin mucho ritmo—. Tengo un plan: si te quedas a dormir conmigo, te enseño dónde está la Osa Mayor. Te lo juro. Será mi regalo. ¿Tranquilo?

—Híjole.

—Y no te pongas bravo.

—No, si yo no me puse bravo.

—Pero quítate la corbata.

—¿La corbata?

—La corbata. Por alguna prenda hay que empezar a desvertirse. Está cuqui...

—¿De veras?

—Es la corbata más linda que he visto en mi vida.

—Era de José —dijo Lorenzo.

—*¡Esta vida loca, loca, loca!...*

—Ojalá te ganes la lotería.

—Ojalá.

Zenaida colocó un casete en la grabadora. Radio Reloj Nacional: 4 de la mañana. Y éstos son los titulares. Día a día, hora a hora, minuto a minuto, segundo a segundo: el pasado nunca cambia. Tic tac. Tic tac.

—Mira, Lorenzo, en este chucho que está aquí abajo, se apaga mi lamparita. ¿Verdad que no hay que ser Cristóbal Colón para descubrirme? —dijo la mulata al quitar la colcha de la cama. Noche cubana.

Segunda parte

Por qué, Adelaida, me tengo que morir
en esta selva donde yo mismo alimenté las fieras...

RAÚL RIVERO

Galo la Gata escribió a José treinta cartas en seis meses, ninguna de amor y siempre bajo este frontispicio caligráfico: *Crónicas de mis conquistas.* Cada sobre incluía caricaturas, reseñas de defunciones, biografías eróticas, hojas secas de un pino que crecía en el patio de la prisión. Al cubano le agradaba recibir aquellos manuscritos perfumados donde su "fiel guardaespaldas" lo ponía al tanto de lo sucedido en la Cárcel Estatal. En sus últimos reportes podía entenderse que no le iba bien. Cuatro o cinco frases pesimistas daban fe de su poca fe. "Lástima que en los zoológicos no haya lugar para las gatas. Bueno, tampoco en el mundo. Morante me facilitó una revista donde te entrevistan. Buenas tus respuestas. ¡Y qué foto, Pepe! El quimono, eso sí, horrible. Yo debería diseñarte la ropa. Acabarás siendo un galán de telenovelas y entonces nadie va a creerme que fuimos amigos", puntualizó en una postal. "Que no me quieran no me preocupa. Lo nuevo es que me odian. Me siento un jabón en el suelo del baño." José envió un telegrama urgente pero fueron Morante y el padre Jordán quienes aclararon las dudas. Sin ponerse de acuerdo, el custodio y el sacerdote llegaron al mediodía de un lunes cualquiera. El cubano se disponía a asistir a una sesión de fotos para una campaña publicitaria: "Ser ser humano" rezaba el eslógan con el cual los mercaderes pretendían movilizar al mundo en una cruzada que hubiera resultado justa de no ser una farsa. José se alegró al verlos venir por senderos opuestos y los invitó a pasar. "Dios y el diablo en la cárcel del zoo", dijo orgulloso a Tigran el Temible, su modisto de cabecera. Los visitantes quedaron al otro lado de la jaula. Morante deseaba pedirle un par de favores. El primero: una recomendación. Su hijo Langston aspiraba a una beca del Instituto Emerson y un aval de Pepe Kid sería de incalculable valor. El muchacho era "lo único bueno que me ha sucedido en la vida", dijo. Los lobos saben disfrazarse de corderos. José escribió la carta en caliente, encabezada por una cita política de Oscar Wilde. Resuelto el asunto, el guardia expuso la segunda solicitud a rajatabla:

—Me acabo de quedar sin trabajo, por culpa de Lee Shelton. ¿Verdad, padre? Pero no le dejé un hueso sano. Tal vez pueda encontrar algo que hacer en el zoo. Me conoces: siempre he estado entre fieras. ¿Acaso olvidaste los buenos tiempos? —dijo y le brilló el diente de oro.

—Que Dios no te oiga, Morante —dijo el padre.

José no prometió nada, aunque aceptó plantear el asunto a las autoridades del parque.

—Cuéntele, Anselmo —dijo Morante.

El sacerdote traía dos noticias, una buena y otra mala. La buena era regular: Ruy el Bachiller estaba en libertad y pronto editaría su libro de memorias bajo el título *De hombre a hombre: José y yo.* La mala no podía ser peor: Lee Shelton había despedazado a Galo entre las vaporosas calderas de la lavandería. Tuvo que darle ocho puñaladas. La Gata apeló a sus siete vidas. La ropa sucia quedó bañada en sangre. Morante molió a Shelton.

—Galo murió sin confesarse —dijo el padre Jordán—. Pero yo lo perdoné a cuenta y riesgo.

Galo: crónicas de sus conquistas. Un jabón en el suelo del baño. Una gata en la ventana. La noticia derrumbó al cubano. Tigran el Temible gestionó cancelar la sesión de fotos pero los de la agencia publicitaria protestaron ante el doctor Magalhaës y a José no le quedó más remedio que cumplir las cláusulas del contrato. Las fotos que le tomaron en Caracol Beach, vestido con un taparrabos color carne, sirvieron de poco porque ninguno de los asistentes pudo lograr que cambiara aquella expresión taciturna que le hundía los ojos hasta borrarlos de la cara. Un aire ligero levantaba puñados de arena. Dos gaviotas flotaban entre cojines de algas y sargazos. Ni una nube en el cielo. Latas vacías. Olas viejas. ¡Cómo pueden ser viejas las olas! Una anciana había recogido los bajos de sus bombachas y se adentraba metro y medio en el agua: ante el altar del horizonte, algo recordaría. Mojaba las manos, se refrescaba la frente, el cuello, la panza. Si José no se ahogó en las olas de la remembranza, si la nostalgia de su niñez perdida en los espigones del puerto de La Habana acabó debilitándose con la brisa, si no murió de coraje en esa costa de cocoteros, si no echó a nadar en aquel océano de pescadoras viudas, fue porque Galo ocupaba su memoria y no dejaba ni una pulgada disponible a otras tristezas. Cuando regresó al zoológico, lo estaba esperando Berta Sydenham: "Quería darte la noticia", dijo y le entregó un periódico. "Gracias", dijo José. En primera plana se publicaba que el obispo auxiliar de París había mencionado al "hombre expuesto" durante la misa del domingo. Encima de los titulares, José escribió a lápiz esta nota: "Cae el bravo Galo Lautier en el penal de Santa Fe." Ranas.

La letanía de las ranas. La ardilla Phefé anidaba en el horno de la falsa chimenea. Parecía una boina. José durmió inquieto. No recordaría la pesadilla en detalle, apenas dos o tres situaciones: que pateaba una lata al pie de un Cristo de piedra y que vaciaba en el fregadero un puñado de lombrices y que las lombrices desaparecían por el caño, en compacta masa. Hasta en sueños le costaba trabajo volver a Cuba: un abejón no puede volar desde Santa Fe hasta La Habana. Se sobó el tobillo. "Dios quiera que exista Dios", pensó. Y ahora pensaba en Perucho. Lo imaginó sentado en uno de los sillones de mimbre. La camisa caqui, cerrada al cuello. Tirantes. En el bolsillo, un lápiz. Las agujas, dos espadas. ¡Qué bufanda! Se oían ladrar perros. Los perros de la ciudad. El hombre es una muñeca rusa que guarda, adentro, las sucesivas criaturas que ha sido; al morir, todos los otros resucitan: el inocente, el aventurero y el culpable, el débil y el poderoso, el torturado y el torturador, el manso, el noble y el salvaje. Cada cual tiene su premio o su castigo. Sólo los elegidos no se fragmentan. Arropado bajo la manta, como un soldado napoleónico en el cerco de Moscú, José fue a la estancia principal y se asomó a las rejas. La pareja de bonobos copulaba sobre un nido de lechugas. En todo el reino animal, sólo ellos y los humanos fornican cara a cara, sin fines exclusivamente reproductivos. Boca arriba, la bonobo hembra abría el compás de sus extremidades y sujetaba al templario por el cuello. Gozosa. Suspirante. Lo tenía. Lo abrazaba. Ardía. Tiraba de sus orejas. Lo mordía. Le pegaba. Lo hundía en su vientre. El bonobo nadaba entre sus ancas y movía la cintura para ensanchar la bóveda de aquella caverna salvaje, suya. La espátula del miembro buscaba profundidad, calado en la penetración, dominio. Aquel cuerpo era su madriguera. Terminaron a la par. La bonobo quedó tendida en el suelo, crucificada; el bonobo desmontó de la cabalgadura y se colgó de un columpio. El tramposo semental de la araña pisaura entrega a su hembra una mosca enrollada en varias capas de seda y mientras ella la desenvuelve, distraída, se le acerca por detrás y la fecunda. Cuando un león asume la jefatura de una manada, mata las crías del líder antecesor para interrumpir la lactancia y lograr que las hembras entren en celo nuevamente. El coito de los babuinos dura medio minuto. Los roedores marsupiales australianos apenas lo hacen una vez pero a lo largo de medio día. La tigresa no ovula si la penetración no es dolorosa. Antes de que termine la ceremonia sexual, la mantis religiosa comienza a devorar a su "cónyuge", quien voluntarioso sigue moviendo el abdomen aunque haya perdido la cabeza. Las ratas copulan cuatrocientas veces en doce horas. El cortejo de los urogallos puede ocupar más de una semana, el apareo siete segundos. José sintió hambre. Guido Golgui le había dejado unas crêpes de patatas a la vonassienne, protegidos bajo una película de celofán. Ese platillo no estaba incluido en el menú oficial del prisionero. "No renuncies a la vida", le había ordenado el masón. José lo escuchó desde la puerta, en la sala de visitas. No soportaba las despedidas. Lo sintió alejarse, picando el suelo con el palo de guayaba. José se mordía la mano, para no gritarle a su padrino cuánto lo quería. La noche, ajena noche. En el portal de Cuco se extendía una alfombra de plátanos. José solía despertar de madrugada. Si en prisión no sabía qué hacer para retornar a los torrentes del sueño, donde lo esperaban los recuerdos de la pequeña Lulú, en el zoo se embelesaba viendo cómo se diluían los amaneceres marinos de Santa Fe. Había olvidado que la noche suena: hasta las piedras cantan en orfeón divino. Es la hora de las sabandijas, las babosas, las alimañas; la hora en que los insectos salen a la superficie y la materia se descompone, los metales se oxidan, se pudren las frutas y el aire apesta a esperma, el mar a útero, la tierra a humanidad. El rinoceronte pateaba el planeta. En esos momentos de profundo sinsabor le gustaba imaginar a Menelao y a Rita dormidos en sus camas, tranquilos. Bien sabía que él no participaba en ninguno de aquellos sueños familiares. Los barrotes de hierro sudaban rocío y José jugaba a que los podía abrir: se escupía las manos, acomodaba los omóplatos y tiraba de los cilindros. La esperanza de que lo conseguiría, por imposible que fuera, por poco que durase, lo redimía de la soledad.

Las crêpes a la vonassienne le reventaron la panza. Haciendo pujos logró interpretar su papel de hombre peligroso ante los niños de una escuela neozelandesa que vacacionaban en Caracol Beach, y oír las súplicas de unos salseros neoyorquinos que venían a pedirle que modelara para la portada de un nuevo disco. José los atendió desde la puerta del escusado. La oropéndola se posó en la argolla del orangután. Trinaba. De pronto volaba hasta una jacaranda. Regresaba al aro. Su pareja tejía nido en una rama. La estrella indiscutible fue el saraguato. Había despertado tan animoso y chillón que se ganó el apodo de Bonvivant. Al ver sus modales de "personaje de Hollywood", el vocalista comentó que le recordaba a Chevalier.

—Por cierto, sería una estupenda portada para tu disco. Es un perfecto bonvivant. Yo aparezco hasta en la sopa —dijo José.

—Acabo de regresar de Cuba —dijo el cantante, que se presentó bajo el seudónimo de Boby Camagüey—. Fui a visitar a mi hermano. Hacía veinte años que no lo veía. En el terruño se cuentan un montón de chistes sobre ti. Te traje unas cartas y un regalo.

—Perdóname, mi socio. Tengo ganas de que me hablen de la isla. No tardo. Nunca desayunes patatas a la vonassienne—. José fue el baño. Boby Camagüey buscó un paquete en su mochila, envuelto en papel de China. Lo empujó entre las rejas. José lo abriría más tarde, poco antes del anochecer. Se asustó. Eran unas doce cartas y una bandera cubana. La bandera quemaba en la mano.

La dirección del zoo celebró sus éxitos de una manera espectacular: al centro del estanque de los patos se levantó un globo estacionario. Los miembros del patronato Nueva Viña garantizaban que el enorme rostro del cubano, impreso en el aerostato, podía ser visto desde cualquier punto de Santa Fe: "El hombre vive cerca del cielo", se afirmaba a estribor. Las encuestas reconocían a José como un ciudadano muy influyente. Dos universidades laicas convocaron a una reflexión materialista sobre el desarrollo genético de las especies, y tres universidades católicas aprovecharon para colocar sobre el tapete el bíblico romance de Adán y Eva. Entre clases se vendían camisetas de José el carpintero. Teorías disparatadas encontraron eco en los humanistas de pacotilla que florecieron en cada café al aire libre. Una fonda de hondureños anunció que cambiaba el nombre de La Cuna por el de La Morgue para ofertar guisos y milanesas de carne humana. Cuando los agentes del sargento Salomón Carey clausuraron el negocio, alertados por los vecinos de la fonda caníbal, descubrieron que desde hacía semanas se ofrecía el servicio a domicilio, protegidos por la astucia cocinera de vender gato por liebre y comercializar carne de cuatí a falta de donantes propicios. Sus enemigos, menos que los admiradores pero de más jerarquía, pensaron que se había ido demasiado lejos. Siete zoológicos del país colocaron homos en sus galerías para imitar al peleonero parque de Santa Fe: la operación fue un fracaso. La gente reclamaba un González de cepa. "Amigas y amigos, representantes de la prensa: los hombres no se dan en cautiverio", dijo el doctor Juscelino Magalhaës y deslizó una sonrisa socarrona. "Y no se dan por culpa de ese cachivache que llamamos corazón", añadió Peggy Olmedo.

Regla quiso traer agua a su molino: "Ahora o nunca", pensó. Su ambición no conocía límites. Asesorada por la diligente Peggy, acababa de abrir una tienda en la zona comercial del zoo, a unos quinientos metros de la galería de los simios: La Bodeguita de Pepe. Cuando Menelao supo de los planes de su hija se encerró en la carpintería y encendió una vela a la Virgen de la Caridad. La arteriosclerosis había comenzado a minarle el organismo. Ante cualquier situación comprometida, el carpintero actuaba como un adolescente y no tenía más defensa que ocupar el tiempo en alguna tarea rigurosa. Allí permanecía, entregado al trabajo o rezándole a su Patrona hasta que la propia enfermedad borraba la causa del enojo y él salía del refugio tan agotado que el cuerpo exigía una cama para terminar de curar sus desvaríos. "Toma tus pastillas, papá", decía Regla a punto de perder la paciencia. A la crianza de sus dos hijos y el mantenimiento de un hogar desvencijado sumaba ahora la atención de un fósil clueco que al cabo de muchas calamidades había terminado por sentirse responsable de cuanto sucedía en torno suyo: si a uno de los nietos lo suspendían en un examen o si él se babeaba la guayabera o si un huracán irrumpía en las Bahamas, Menelao decía que era por su culpa, por mi culpa, por su grandísima culpa, y entonces se ponía a dar de mandarriazos en el taller. La única solución que iba quedando era ingresarlo entre los masones del ciego Perucho Carbonell, aunque Regla se negaba a aceptarlo, porque se le podría acusar de ser una negociante sin escrúpulos o incluso una hermana cruel pero jamás una hija desalmada. Los golpes de martillo estremecían las paredes.

—Si no me quieres apoyar en La Bodeguita, no lo hagas. Ahora, si lo que deseas es morirte, no lo anuncies más —dijo Regla. Menelao abrió la puerta. Estaba en camiseta. La camiseta llena de aserrín. El aserrín mojado en sudor—. Das grima, papá.

—El miércoles fui a ver a José. Me escondí, ¿sabes? Está saludable —dijo Menelao.

—Que lo parta un rayo.

—Es tu hermano.

—¡No tengo un solo buen recuerdo suyo!

—¿Y la balsa? Él te salvó.

—Tú sabes que fue Perucho. ¡Ay!, me cansa hablar de eso.

Menelao se puso a clavetear un ropero.

—Malagradecida. Pásame los clavos. Fue José...

La vela se consumió en el altar. A Regla le pareció que su padre había encogido unas pulgadas: para carpintear el mueble, debía subirse a una banca de ordeño. La espina dorsal se marcaba en la camiseta.

—Ten los clavos.

—José es bueno.

—Cambia el disco: está rayado.

—Una vez, en La Habana...

—La Habana queda muy lejos.

—José me adora. Sin embargo, tú...

—Yo no maté a nadie, papá.

—Me estás matando a mí.

—Vaya, carajo.

—Soy un comemierda. ¿Te acuerdas que aquel día, cuando le enterró la trincha a ese muchacho, José nos llamó por teléfono? Él lo dijo en el juicio... Yo escuché el timbre pero no pude levantarme. Tenía un sueño...

—José, José... Ni siquiera dejó que lo visitaras en la cárcel.

—Mentirosa.

—José te lo dijo: no quiero verte más, batistiano, casquito.

—¡Casquito yo!

—Eso dijo. ¿Te acuerdas?

—No. No me acuerdo. Nunca fui batistiano. Si tu madre te oyera te daría una bofetada.

—Deja ese martillo.

—Debo terminar el mueble.

—Qué jodienda, cará.

—Sí, qué jodienda.

En los estantes del taller, entre ratoneras y herramientas, se apilaban montañas de revistas *Carteles* y *Bohemia*, cancioneros de los años cincuenta, periódicos atrasados. Una radio de cajón. El perfil del general Antonio Maceo, en acuarela. Regla abrazó a su padre por la cintura y lo hizo bajar de la banca. Era un cartucho de huesos. De siquitrillas. Olía a cedro. Menelao se dejó llevar.

—Tú, ¿cuándo te casas? —dijo.

—Ven a almorzar. Te hice unas frituras de malanga.

—Estás más vieja y más fea que el cará. ¿Y Rita?

—En La Habana, papá. Acuéstate o ponte a ver la tele, anda.

—La Habana es enorme. Dile que venga —gritó Menelao.

—¡Mamá, tenemos hambre! —gritaron los niños desde el cuarto—. ¡Mamá, tenemos mucha hambre!

—La comida está en la cocina: no sean vagos. Sírvanse.

—Le zumba el merequetén, ¡batistiano yo!

—¡Abuelo, Ivo me quiere pegar!

—Ayúdame, viejo, por favor: ayúdame un poco. Voy a explotar. ¡Pum! —dijo Regla.

—Mentira, mamá: es Isidro.

—¡Cállense!

—¿Qué iba a hacer? —dijo Menelao.

—¿Qué dices?

—Me obligaron. José me entiende. Incluso protegí a uno de los asaltantes. Coño, ¿y Rita? ¡Ritaaa!

—Baja la voz, papá.

—Un muchacho, alto él. Cuando pasó el peligro, me las arreglé para ponerlo en buenas manos. Alguien me dijo que está vivo. Por ahí. Ni me acuerdo cómo se llama. La última vez que nos vimos, en El Cobre, me dio un abrazo del carajo. ¿Y Perucho? Llámalo al Asilo. Dile que te diga. Nunca fui casquito. Me licencié en el cincuenticuatro. ¡Ritaaa!

—Ya, Isidro, ya... ¡Heladooo!

—No hay helado, carajo.

—Fui a responder el teléfono. José colgó. Un timbre más y lo alcanzo en Coral Park. Perucho y yo lo hubiéramos sacado del país.

—Qué va. Me voy a la tienda —dijo Regla.

—Perucho me está tejiendo un chaleco.

—Dame paciencia, Diosito. Arréglenselas como puedan. Ahí está la comida.

—Pero Rita se murió, Regla. ¿Por qué me dices que está en La Habana si tú misma fuiste a su entierro? Caramba. Yo no. No pude. ¿Dónde yo estaba?

—También hay croquetas en el refrigerador —dijo Regla.

—Caramba, carambita y carambona, ¿dónde yo estaba?

La Bodeguita de Pepe era, sin duda, la novedad de la zona comercial. Regla vendía al por mayor pósters de José niño, fotos de familia y quimonos de Tigran el Temible. La mercancía más atractiva era un juego de mesa titulado "Homopolio". El laberinto de posibilidades, dictadas por el capricho de unos dados, recorría los escenarios de la vida de José: entre otros, la carpintería de Menelao, el Morro de Santiago de Cuba, el Cuartel Moncada, el Estrecho de la Florida, la Plaza, el zoo de 26, la Calle Ocho de Miami, Coral Park, la pradera de los leones y, en la recta final del tablero, la tumba de Wesley Cravan y la jaula de José. Aunque el negocio iba mejor de lo previsto, y Peggy planeaba abrir una sucursal en Key Biscayne, Regla nunca fue a visitar a su hermano, ni siquiera cuando Camila se lo pidió de mujer a mujer.

—¿Se le ofrece algo en particular? —dijo Regla al verla entrar en la tienda, justo a la hora de cerrar el negocio.

—Estaba mirando.

—Lleve un souvenir. Mi hermano trae suerte.

—Me interesa el álbum.

—Magnífico. Mire. La historia de la familia en cien fotos. Aquí vemos a nuestra madre en una escena de *La muerte de un burócrata*; Menelao y Perucho Carbonell, su mejor amigo. A mi hermano, el día que el tribunal dictó sentencia. Mis hijos, Isidro e Ivo... ¿Ha estado en Santiago de Cuba?

—Nunca.

—No sabe lo que se pierde. Puro Caribe. Es una ciudad famosa por sus carnavales. El Parque Céspedes, Cayo Smith, la Casa de la Trova...

—¿Lo ve a menudo? —interrumpió Camila.

—¿A quién?

—A José.

—Por supuesto.

—Miente.

—Miento. Usted también —dijo Regla. Cerró la guardia—. La conozco, doctora Novac. Qué le pasa conmigo. Odio las medias tintas. No me ponga contra las cuerdas.

—No sé, pienso que debería visitarlo.

—¿Para qué?

—Para acompañarlo, por ejemplo.

—Ése no quiere a nadie. ¿Qué quiere que haga?

—Lo que yo piense importa poco. Pregúntele a José.

—José, José, José... Siempre José. Tengo dos hijos y un anciano que se está volviendo loco. Mi hermano nunca pensó en nosotros, ¿por qué tengo que pensar en él? A ver. No jorobe.

Regla resoplaba. En ese momento, alguien tocó a la puerta.

—Pasa, amor, pasa —dijo.

Morante entró con una botella de vino tinto en la mano.

Camila aprovechó para marcharse.

Las niñas pasarían unos días en el departamento de su padre. Sin ellas, la casa resultaba un panteón. Regó las plantas: algo tenía que hacer para ocupar las manos. ¿Proyectar sombras chinescas contra la puerta? ¿Escribirle una carta a José? Jamás había logrado esclavizarlas. Siempre fueron independientes, maleducadas. Manos de niña. Rara vez actuaban en correspondencia con el ánimo general que regía el resto del cuerpo. En el banco de la iglesia tenía que apresarlas bajo los muslos, aun a riesgo de cortar el torrente sanguíneo. De noche, al dormirse, sus manos desveladas se entretenían una media hora más en las costuras de la sábana y las plumas de la almohada, hasta que se aburrían de rastrear y se cruzaban sobre la cabeza, más tranquilas. En alguna fiesta de amigos, se había visto obligada a un esfuerzo supremo de concentración para evitar que tocaran los adornos florales porque sus manos no sólo eran hiperactivas sino, además, torpes. La mañana de su divorcio, la misma que renunció al cigarro, agarró tan fuerte la estilográfica de Max que, al estampar la firma, rompió la punta y dos salivazos de tinta mancharon el acta. ¿Se atrevería a pintarse las uñas de verde o de negro? ¿Y de amarillo? Camila se encontraba enjaulada en una angustia tan impertinente que ni siquiera le dejaba disfrutar la suerte cara de tenerlo todo en este mundo, menos la dicha de la felicidad. El cerebro pedía nicotina. Nunca antes había pensado tanto en ella, y de pensar tanto llegó a la conclusión de que su vida era una lujosa porquería. Llamó a su madre por teléfono; al oír el mensaje en la contestadora, "Hola: casa de la señora Filip", pensó que había marcado un número erróneo porque desde hacía seis meses ella siempre decía "Hola: casa de la familia Caporella", pero terminó de escuchar el recado y no tuvo dudas de que la señora Filip era la señora Caporella, es decir, la señora Novac, bautizada como Olga Ayala en su partida de nacimiento: "Hija, este fin de semana, y el que sigue, un amigo me invitó a las regatas de Caracol Beach. Si te decides, estaremos en el velero La Gloria. Quiero que conozcas a Latzlo. Un ser encantador." La voz de Roberta Flack en *Killing me softly with his song* cubría el fondo de la cinta. Camila viajó un rato por Internet. En el correo electrónico, su vieja amiga colombiana le reprochaba el hecho de que ya no se veían como antes. "Tengo que contarte. Todo se fue por el caño. La civilización es una mugre. Llámame o me voy a vivir al zoológico de Cali, como aquel Ben Gun de los ochenta que se escondía en la covacha de las avestruces..." No terminó la lectura. Se asomó a la ventana: una sirena de bomberos. Buscó en el horizonte los humos de algún posible incendio. Nada. Quiso leer a Wilde: *La única excusa para que haga una cosa inútil es que la admire intensamente. El arte es por completo inútil.* Abrió el álbum de los González y el azar seleccionó una foto tomada el día que Regla cumplía veinte años. Una sombra impide ver la cara de José. Lleva un abriguito de estambre. Junto a él aparece Menelao. Los demás ríen. Alguien brinda. Regla con moño. En la pared, un retrato de Antonio Maceo, un cisne de yeso. Camila comprendió que en este mundo hay otras prisiones sin rejas de donde resulta muy difícil escapar: la cárcel de la desconfianza o la trampa de los prejuicios o la celda de la resignación o el calabozo de la indiferencia o la galera del desamor o la mazmorra de la soledad. Concluyó que tenía derecho a romper en pedazos aquella, su jaula de oro. Y fue a ver a José, por la puerta del fondo. El cubano estaba sentado en el catre, sin camisa. Comía ñoquis de anchoas. La oropéndola enseñaba a volar a sus pichones desde el nido que su pareja había trenzado en una rama de la jacaranda. La ardilla dormía dentro del lavamanos. Parecía un adorno.

—Hola —dijo Camila—. Los ñoquis huelen de maravilla.

—Pero saben a papel estraza. ¿Qué te trae por aquí?

—Tengo un trabajo pendiente.

—No sabes decir mentiras.

—No. No sé. Mis hijas están de vacaciones en Caracol Beach.

Uno de los pichones de la oropéndola logró planear hasta la jaula del fiestero tamarino americano. El saraguato metía la cabeza entre los barrotes para presenciar el entrenamiento de vuelo.

—Te has preguntado qué será de mí después de pasar un tercio de siglo comiendo ñoquis. ¿No pudieras velar por mi dieta?

—Supongo que sí. No tengo esas prerrogativas pero sí algunas influencias. ¿Qué se te antoja?

—¿Qué se me antoja?

—¿Un tagliatelle a la crema?

—Ayer cené tagliatelle a la mostaza y pan de macarrones.

—¿Risotto de mariscos?

—Primero muerto.

—¿Ravioles?

—¿Te digo?

—Dime.

José no le dijo. De pronto, señaló hacia el cielo.

—¡Mira: ahora falta que me cague la cabeza! —exclamó entre risas. Un pato se había posado en el globo estacionario. Las carcajadas del cubano, lejos de contagiar un poco de buen humor, produjeron en Camila un agrio dejo de lástima. La visita duró hasta tarde. Hablaron sobre un sinfín de temas. La condición hermafrodita de las babosas comunes. Los quimonos del Temible. La isla Martinica. Los astilleros de Casablanca. Las lombrices. Los incendios. Las narices. Solos. Sin tanto lío.

La selva ardía en gigantesca hoguera. A la distancia de una pesadilla, las llamas se antojaban musculosas y viriles. Si Camila veía incendios, fuego, lava incandescente o corbatas de humo sabía que su corazón estaba en peligro, así que olvidó el sueño y decidió encontrar a la mujer de nariz finita por la que José se estaba pudriendo en vida. Era lo mejor para todos, en especial para ella. Le sobraba tiempo. Y le faltaban motivos, al menos buenos motivos que explicaran el lío de emociones en que se veía envuelta de un tiempo a esa parte, como señales de una cábala cósmica muy favorable. Un guardia de seguridad la había piropeado en el estacionamiento del mall, y disfrutó haber gustado como gustaba en su temprana juventud; cierta tarde, mientras recogía los cajones en el desván, encontró una vieja agenda de la preparatoria y un pantalón vaquero que aún le quedaba un tanto ajustado a la cadera, lo cual era mérito, después de tres partos consecutivos. Camila confirmó su asombro en la balanza electrónica que su madre le había regalado en Navidad: en efecto, pesaba, vestida, un kilo menos que en la de siempre, desnuda. Para remate, se ganó un estuche facial en un sorteo (jamás participaba en rifas de supermercados) y volvió a saber de su primer novio, el poeta Theo Uzcanga, gracias a una de esas condiscípulas de antaño a quien telefoneó una noche que no cabía en su casa. Se citaron en un restorán de comida rápida, y la amiga le dijo, entre otras veleidades, que Theo Uzcanga la había visto en un programa de televisión, y que, a criterio de él, de por sí lírico, "su amor de adolescencia seguía igual de guapa, pero ahora con ese aire de antílope que da la madurez". La suma de tantas sopresas, quizás explique el ímpetu con que Camila enfrentó la tarea de localizar a la pequeña Lulú. Durante la semana consultó la prensa de la época, viajó por las galaxias de Internet y estudió las memorias de Ruy el Bachiller hasta dar con la cama donde se apagaba la gris existencia de Spencer Lund.

El criminalista estaba ingresado en la clínica El Sagrado Corazón, al este de Caracol Beach. Tenía cáncer en los ganglios. "No quiero causarle mucha molestia, pero preferiría conversar en el baño", dijo lo que quedaba de él. A escondidas de las enfermeras aún fumaba una media docena de Camels al día. Camila lo ayudó a sentarse en la taza. "Gracias. Así que José González. No he conocido a nadie tan desafortunado, y mire que he tenido clientes difíciles." Apenas se escuchaba su voz entre los ahogos de los pulmones maltratados. "Disculpe. Me da pena ese muchacho. Lo reconozco. Otro abogado lo hubiera salvado de la cárcel. Era un caso claro de defensa propia. José dio conmigo. ¿Fuma? Para qué le miento: nunca fui muy eficiente que digamos." Pieza a pieza Camila fue ordenando los cuadros del puzzle. Dorothy Frei apareció en el segundo Camel, entre soplos de nicotina. "Hablaba de su novia las veinticuatro horas. Adoraba a la peluquera. Algo supe. Creo que Ruy la encontró. Quiso entrevistarla pero ella no lo dejó ni abrir la boca. Trabaja por el freeway de Caracol Beach, en el giro de restoranes. ¿Me ayuda? Salude a José de mi parte. Dígale que lo sigo de cerca. Que les compré a mis nietos una playera donde él aparece, caminando por la playa. Mejor no, no le diga." El abogado no hizo más que poner la cabeza en la almohada y se durmió. Camila siguió la investigación a fondo. Resultó más fácil de lo que esperaba. Cuando volvió a la clínica para verificar un par de datos pendientes, Spencer Lund había fallecido y una enfermera trataba de despegarle una colilla de sus labios. Las ascuas del Camel le habían quemado la carne. Camila observó que el fuego no produjo ni una pequeña úlcera en la boca. La muerte convierte la empacadura de los hombres en una cosa insensible y desechable. He ahí la razón de su aplastante supremacía.

La pequeña Lulú trabajaba de camarera en la novena cafetería que Camila visitó en el freeway, después de consumir ensaladas, tacos mexicanos y batidos de vainilla a lo largo de dieciséis kilómetros de asfalto. El Bizcocho Coffee Shop estaba a reventar. "Dorothy, ¿cuánto demora el club sandwich?", decía un camionero. "¡Mi hamburguesa, mi hamburguesa, mi gloria por una hamburguesa!", clamaba un mutilado de guerra. "O se aguantan o se marchan porque todavía no ha nacido quien mangonee a Dorothy Frei", ripostaba la camarera al sacudir las manos que le toqueteaban los muslos y le pellizcaban los codos como si sus piernas y sus brazos fueran racimos de uvas. Se la veía en todos los frentes del salón: aquí levantaba los platos, allá servía cuatro bocaditos de pollo y cambiaba los ceniceros, en articulada maniobra. Volaba de la cocina a la barra, de la puerta a la caja contadora, del aparador de los manteles a la mesa donde Camila bebía una taza de café capuchino "con sospechoso deleite", pensó Dorothy, si se acepta que hasta los transportistas de la basura sabían que el capuchino de la casa resultaba una infusión intragable. Al pedir la cuenta, Camila dijo venir de parte de un cubano llamado José y a la mesera se le desorbitaron los ojos como a una grulla coronada: "Sígame", dijo. Dos ratas se disputaban un pedazo de pan untado en mostaza. El patio del Bizcocho Coffee Shop apestaba a pargo. Entre cajas de cervezas vacías, Dorothy aceptó el desafío. Para protegerse comenzó mintiendo porque la mentira le permitía averiguar cuánto sabía aquella señora, rica a juzgar por la blusa Armani, que había ido tan lejos a torcerle la vida. Dijo haber oído hablar del tal *sapiens sapiens*, por supuesto, e incluso se atrevió a contar dos chistes groseros, pero jamás le pasó por la cabeza que se trataba de aquel muchacho que una vez, ¿cuándo fue?, había matado a un hombre, ¿a quién?, por una tontería, ¿cuál? Camila cargó paciencia y expuso el objetivo de su visita: pedirle que ayudase a José a soportar la soledad. Dorothy le cortó el paso. Enseñó las uñas: estaban pintadas de amarillo. Encendió un Pall Mall. A Camila le dio envidia.

—Olvídelo —dijo Dorothy.

—Él te defendió.

—¡Bah! Una estupidez. La estupidez más grande que he visto en la vida. ¿Usted nunca ha cometido una estupidez?

—Puede reabrirse el caso. José se negó a decir tu nombre en el juicio, ¿eso no cuenta? —dijo Camila—. En ese momento te pareció un acto de valentía, ¿o no?

—Qué bonito habla. Hasta me dan ganas de llorar. ¿Es tan difícil de entender? No conozco a José. ¿Cuál José? Hay muchos José. José Pérez. José García. José Stalin. Y mil José González.

—José no es inocente pero fue inocente.

—José no existe. Ese José no es José. Yo tampoco soy la misma. Ni siquiera me reconoció cuando fui a verlo...

—¿Cuándo?

—Una tarde de esas. ¿Usted siempre entiende por qué hace las cosas? Por poco me rompo una rodilla. Me creyó una vendedora de seguros. Cuando llegué a casa me acosté con mi marido pensando en él. Nunca me había pasado. Nos amamos en la jaula, como monos. La gente aplaudía. Mi esposo también aplaudió. Es un cerdo. —En el salón de la cafetería se escuchaban las protestas de los camioneros. Hacían sonar los cencerros de las botellas—. ¡Muéranse de una vez! —gritó la mesera y tiró el cigarro. El cigarro humeaba en el piso. El cocinero se asomó a la puerta—. La pistola de Wesley estaba descargada.

—¿Ustedes se conocían?

—Da igual. Si dice que yo lo dije, diré que miente. Wesley era mi novio. Esa Navidad habíamos peleado en una discoteca por una tontería. Casi nos matamos en la motocicleta. Que haya sido mi novio no cambia nada.

—Te equivocas: lo cambia todo.

—José clavó la trincha cuatro veces. ¿No le parece terrible?

—Tenía miedo.

—Mi vestido se manchó de sangre. José era gracioso. Muy gracioso. Fuimos al cine y a Coral Park. Allí me propuso hacer el amor. Estábamos calientes. Mire, pierde su tiempo y me hace perder el mío. Esos camioneros me van a matar.

—El cocinero se ha asomado dos veces.

—Es mi esposo. Lo odio. Si de lo que se trata es de buscarle hembra, hágale usted el favor y después me cuenta. Lo que más me duele es que perdí mi pamela.

De regreso a casa Camila se sorprendió a sí misma diciendo que ese hombre, del que tanto renegaban, podía hacer feliz a cualquier mujer. A una mujer como ella por ejemplo. Encendió un Marlboro. El humo le viró el estómago. Tuvo una arcada. "¡Si yo no fumo!", dijo. Tiró el cigarro. *Estoy celoso/ de los tripulantes del laboratorio orbital Saliut 5/ porque ellos han estado más cerca de tus sueños que yo...* Eran versos de Theo Uzcanga. ¿Por qué se acordó de ese poema? ¿Cómo dijo su amiga? "Dice Theo que sigues igual de guapa, pero ahora con ese aire de antílope que da la madurez." Poetas. Cabrones. Camila se puso el pantalón vaquero que había encontrado en el desván, a pesar de que le apretara en la cadera, estrenó el estuche de cosméticos que se ganara en la rifa del supermercado, y fue al departamento de Max Mogan. Durmieron juntos. Punto. Qué más. Acababa de firmar su rendición. Volvió a cerrar la jaula de oro. A calicanto. Luego se acusaría de haberse aprovechado de las circunstancias, de no pensar bien lo que hizo, pero luego siempre es tarde, sobre todo para el remordimiento. Hicieron el amor. Como nunca. O casi nunca. Max Mogan podía ser tierno. La poseyó con religiosidad y hambruna, temeroso de que esa noche fuese un espejismo y aquella cama, una tabla de salvación. Camila mordía la cobija mientras él la destornillaba por dentro y le graneaba en los muslos un semillero de besos dóciles. Las manos de ella permanecieron muertas: alas rotas. Punto. Las niñas daban saltos cuando vieron a su madre en la cocina preparando el desayuno. Marcia hizo hot cakes, Mildred exprimió las naranjas y la pequeña Malena puso la mesa en el balcón, desde donde podía contemplarse una regata en Caracol Beach. Treinta veleros. Treinta velas triangulares, latinas, cangrejas, árabes, de abanico. Treinta pañuelos blancos. Treinta adioses. *El arte refleja al espectador, no a la vida*, dijo Oscar Wilde.

El zoo empezaba a ser un sitio habitable. Morante firmó contrato como velador de tigres. "No te defraudaré, Pepe Kid", había prometido, y cumplió en demasía. Portaba el overol reglamentario con la marcialidad de un coronel de infantería, y tan bien ejecutaba sus quehaceres que pronto se hizo sencillamente odioso. Era el primero en llegar y el último en marcharse; dicen que cuando le tocó entrar en la pradera africana, protegido por dos guardias de la ronda cosaca, hasta los propios animales recularon, tan impositiva resultaba su presencia. "Incluso, una tigresa se atrevió a enseñarle los colmillos y él le dio una trompada que retumbó en los confines del parque", dijo a José uno de los custodios, mismo que escuchó la historia en la veterinaria por boca de una joven laboratorista, novia del jefe del rondín cosaco: "Tu amigo está peor que una cabra: el otro día, introdujo la cabeza en la boca del hipopótamo y, para ganar diez dólares, no dudó en subirse al lomo del búfalo por más de tres minutos. Si tiene que comer piedras, come piedras; bebe agua de los charcos y sabe dormir de pie, igual que los caballos." A las dos semanas, controlaba el sindicato de empleados; a la tercera, le decían Capitán. No llevaba un mes en el cargo y ya había se metido en un bolsillo al doctor Magalhaës y a la traviesa Peggy Olmedo, quienes lo invitaron a cenar codornices en la suite del hostal. Morante poseía don de mando. José, que siempre se levantaba temprano, lo veía al amanecer echando el bofe, camino a la guardarropía: "Hola, hermano", gritaba Morante desde lejos, sin disminuir el trote. De carambola, el padre Anselmo Jordán también consiguió empleo y fue nombrado "consejero espiritual", asumiendo la tarea de dar curso a la correspondencia que cada fin de semana inundaba el buzón del cubano. Muchas cartas venían remitidas por prisioneros que deseaban alguna gestión mediadora del "grande Pepe Kid", y nadie mejor que el religioso sabía dónde falseaban porque antes había escuchado sus excesos en la capilla. Ese conocimiento lo obligaba a contestar las solicitudes bordando cada frase, porque una indiscreción podía poner en tela de juicio el secreto sacerdotal. Entre las cartas de Año Nuevo vino una que José pidió responder de propia mano. La firmaba Gastón Placeres, aquel viejo yoruba de la Cárcel Estatal: "Orula, Padre del Tiempo, es el adivino, dueño del tablero de Ifá, tablero del mundo, protector de la locura." La caligrafía resultaba ilegible, por temblorosa. En lo que descifraba el jeroglífico, escrito sobre papel cartucho, José perdió una semana, al cabo de la cual le envió cuatro folios donde reconocía, sin churros poéticos, cuánto había aprendido de las oropéndolas, los rinocerontes y, en especial, de los bonobos que fornicaban furiosamente a escasas yardas de su jaula. El sobre regresó a vuelta de correo. En la contra cara, a un lado del matasellos, un oficinista Equis le informaba que, "amigo, es una pena, pero el venerable Gastón Placeres se esfumó la noche del 3 de enero". Al efectuar la requisa en la celda del mandinga, aseguraba el remitente, los guardianes habían encontrado un ejemplar de *El reino de este mundo*, la novela que explica cómo el esclavo Macandal podía convertirse en majá o guineo para burlar el cerco de sus rancheadores. Cocorí, co-corí, cantaba una torcaza en la jacaranda —y José pensó que aquel pájaro payador algo tenía que ver en esta historia de desaparecidos. Días después llegó una postal del Kilimanjaro; al dorso, el mismo oficinista contaba que el cadáver de Gastón Placeres fue hallado en los sótanos de la penitenciaría, "seco como un vampiro disecado, pero muchos creemos que el alcaide miente: el profeta huyó. Gastón vive. Un abrazo". Y firmaba Equis.

—No me sorprendería que el viejo mandinga se haya pirado a Tanganica —dijo el padre Anselmo Jordán y puso el cinco seis. Los lunes, a la tarde, el sacerdote y Morante jugaban dominó contra José y Lorenzo en arduas batallas que solían prolongarse hasta la madrugada del martes—. ¿Tú crees en Dios, Lorenzo?

—Sí pero no. Mi Dios tiene unos catorce años. Mire usted, de niño yo me preguntaba en qué momento envejeció El Señor, porque al construir el universo ya se le ve canoso y cansadón —dijo Lorenzo y colocó el doble seis—. Remontémonos a los orígenes de la vida. Se dice que Adán y Eva tenían trece años, ¿no que sí? Y también que Dios los hizo a su imagen y semejanza. Saque cuenta. ¡Era un jovenazo!

—Juega, idiota —dijo Morante.

Lorenzo puso cara de académico.

—En mi opinión, y dejo un cinco, sólo así se pueden entender las genialidades de este mundo: como la obra de un inocente.

—Los cinco latinos —dijo José.

—¡Cinco latinos! —exclamó Morante—. No llevo cinco ni seis. Anselmo, por favor, deja el catecismo y atiende a la mesa.

—¿Saben que las palomas sólo ovulan si se encuentran en compañía de palomos? El Señor debió hacer extensiva la fórmula a las demás especies. Pero si esa paloma ve su imagen en un lago, ovula porque supone que su reflejo es una posible pareja.

—La mona que lo parió —escopeteó el custodio.

—Sólo a un niño que no tiene con quien jugar se le ocurre esa travesura —dijo Lorenzo.

Un tema incómodo era la rivalidad entre Morante y el campechano. Se incrementaba partida tras partida. Los amigos trataron de mediar en el conflicto. Fue un trámite infructuoso, hasta que Berta Sydenham interrogó al custodio y supo la verdad.

—¿Qué te ha hecho Lorenzo? —dijo.

—Nada. No soporto a los inocentes.

A pesar de estos tropiezos, la vida en el zoo se normalizaba. Guido había incluido en el menú platos mediterráneos y pronto colocarían un televisor en la jaula. Berta Sydenham nunca dejó de llevar los periódicos. El creativo Tigran Androsian, para la fecha una luminaria en el mundo de la moda, le había confeccionado unas playeras que hicieron furor en el verano y, no conforme, acababa de anunciar una línea "de gran abolengo" para esperar el 2000. Cuando José se resignó a ser una atracción del zoo sin deprimirse, y ya no maldecía su suerte sino que, por el contrario, agradecía al alcaide de la Cárcel Estatal que hubiese pensado en él como candidato idóneo de este absurdo, pudo desarrollar habilidades que le permitían sobrellevar las laboriosas tandas de exhibición. Sus pasatiempos eran "el origen del hombre" y "las manecillas del reloj". En el primero, había que adivinar la profesión de los espectadores con base en su indumentaria, número de prestidigitación donde practicaba los conceptos aprendidos durante las sesiones de corte y costura. El segundo consistía en imaginar cómo serían de adultos los niños. De esta manera, el cubano conseguía dejar de ser actor para convertirse en público de un esperpento escénico que se representaba, a través de los barrotes, en el torcido teatro de la vida. La práctica de ambos juegos no nacía de la necesidad de vencer la monotonía sino de una acendrada costumbre, adquirida en la cárcel, de pensar siempre lo peor de los demás, así que los oficios imaginados rara vez resultaban meritorios y el futuro de cada infante nunca era muy halagüeño que se diga: ladrones de cuello blanco, terroristas y chulos incalificables, hasta completar un depravado muestrario de atorrantes.

José susurró sus ideas a un amigo. Un amigo discreto, si lo hay: "Cuco, oye lo que dice Oscar: *¡Ah!, felices aquellos cuyos corazones pueden romperse y conquistar la paz del perdón.*" Lo de la paz del perdón le había tocado hondo porque Camila llevaba varias tardes sin visitarlo y él no alcanzaba a entender el cambio. Se mantenía a distancia. Sucede que la bióloga había transitado el camino que comienza en la lástima y sigue a la simpatía, luego al cariño, de ahí a la confianza hasta conquistar la meta de la tentación, una prueba de fidelidad que ella no deseaba enfrentar porque temía ser valiente. Cuco cabeceaba. Los párpados, gruesos como mandil de zapatero, se hacían pesados. "Algo hice mal y no me acuerdo. Te figuras cuando nuestros ancestros andaban en manada por la pradera, desnudos y sin encendedor. Después construimos el zoológico de la sociedad moderna. Una locura. ¿Qué pensará la jicotea? ¿El jaguar entenderá lo que es una camisa, un reloj pulsera, unos tirantes? ¡Para qué sirve un teléfono celular si no puede pelarse como un plátano! ¡Ay!, Cuco. ¿Dije una frase indebida? Mis modales son de babuino. Voy a acabar comiendo con las manos. Pero tú no hablas, Cuco. Responde o te clavo una trincha en el esternón: ¿por qué no viene a verme Camila Novac?" *El orangután dormía sin otra promesa que su sueño*, como también dijo Eliseo Diego.

Un martes caluroso y estrellado, José propuso ir hasta la zona de juegos del zoo porque él necesitaba "cargar el acumulador" con cualquier energía que se pareciese a una ilusión. Lorenzo nunca había detectado en la mirada de su amigo una hondura tan lastimosa, lacerante, una mansedumbre de pecadores arrepentidos que el limpiador de traseros de monos conocía bien pues la guereza de cola blanca solía caer en depresiones similares de vez en cuando, y sólo alcanzaba a salir de ellas si el campechano le permitía escalar algún árbol frondoso, donde se pasaba horas mirando en derredor, perpleja, esquizoide, buscando su antigua selva en el horizonte urbano de la ciudad. Lorenzo aceptó llevarlo después de un agónico segundo de duda. El camino se les hizo interminable. El león presidía la jungla a contraluz, en la punta de una roca. Su melena de oro, ribeteada por la plata de la luna menguante, sumaba una bola de fuego más al refulgente foro de la medianoche. El rinoceronte trotaba trabajosamente, arrastrado por la inercia de su furia paleolítica. En el enorme palomar de la rotonda, cacatúas y pavorreales batían alas sin despegar de los nidos, como si les urgiera avivar el aire muerto de Santa Fe. Durante el recorrido, que José y Lorenzo vencieron en silencio, el cubano iba haciendo ejercicios de calistenia, genuflexiones esporádicas, estiramientos de cartílagos, igual que un corredor de distancias cortas cuando calienta motores minutos antes de ocupar su carril en la línea de arrancada. "¿Vas a escapar?", se atrevió a decir Lorenzo y la pregunta quedó rebotando entre los corchetes de algún paréntesis porque en ese momento el experto velador descubrió que las cabras Silvia y Marijó habían encontrado un hueco en la malla del establo y tuvo que ir tras ellas para evitarles un trágico final en las fauces de la caimana. José llegó hasta el límite de muros y rejas que remataba Villa Vizcaya por la zona de los juegos. No era fácil detenerse a un palmo de su liberación y no asumir el riesgo de dar un paso adelante. Tráfico.

Los coches. El ir y venir. La noche. ¿A cuál calle de La Habana se parecía esa calzada amplia y luminosa, de faroles amarillos, césped barbudo y camellón al centro, acaso a la de Dolores, Ayesterán, Juan Delgado, Rancho Boyeros, 23, Línea, a la altura del restorán El Jardín? Ninguno de los edificios que tenía enfrente debía nada a las casas de Atarés, pero una simple ventana de rejas le trajo la imagen de otra ventana, la de su niñez, desde donde él veía la copa de una ceiba, detrás de la barda que su padre había elevado diez hileras de ladrillos para aislarse del pasado. Achicó los ojos y el paisaje se nubló entre la bruma de una lágrima rancia. José hizo un inventario de los placeres que se había perdido en cárceles: no sabía conducir un automóvil, por ejemplo, jamás fue de excursión a la playa y nunca pudo visitar Bayamo, la tierra de Rita Alea. En las cartas que Boby trajo desde Cuba, algunos compatriotas mencionaban lugares que a él nada decían: el restorán La Cecilia, la Playita de 16 o el zoológico de Capdevila. Al rato, Lorenzo se le sumó en compañía de las cabras revencudas, atadas por el cuello. Llegó diciendo pestes de los brutos que arriesgan la estabilidad por ganar unos metros más allá de los límites establecidos, sin tener en cuenta que siempre encontrarán una nueva barrera. José le dio la respuesta que le debía: "Si no me fugo esta noche es porque no tengo a dónde ir." La aclaración valía por reclamo. Los dos amigos se sentaron en el firme del muro, de nucas a la jungla, y se quitaron los zapatos. "¿En qué piensas, cubano? Haces gala de ese aire de grandeza que incorpora Cuco cuando presume sus piojos en público." Por la calle pasaron cuatro motociclistas. Las cabras desguazaron a mordidas la soga y escaparon entre los columpios y tiovivos del parque. Lorenzo y José siguieron conversando. No se prestaban mucha atención. Si el campechano decía que los mejores tintes para ropas se obtenían de un insecto llamado cochinilla, el cubano ripostaba que a él siempre le gustó el baloncesto.

Uno elogiaba las artesanías de Ciudad del Carmen, el rol de los circos carretoneros y las mañas de las masajistas orientales; el otro explicaba que las manicuris de barrio son personajes populares porque llevan, de casa en casa y de pico a pico, el polen del chisme. Nadie pintaba paisajes en las uñas como Rita: el Cristo de La Habana o la raspadura de la Plaza, "sus miniaturas preferidas... ¿Dónde quedará la Playita de 16?" La madrugada les pasó por encima. A la hora de volver, tuvieron que ejecutar maniobras de boinas azules de las Naciones Unidas para que Morante y otros empleados del zoo no los emboscaran al reconquistar la jaula en cuatro patas. Bajo el chorro de la ducha, José se reía de lo lindo al recordar la escaramuza, aunque la verdadera razón de su gozo no era el burdo estilo del "compañero Lara" al reptar por aquel suelo minado de cagarrutas sino haber vencido el corto trecho de selva que lo separaba del mundo pero, también, podía conducirlo a la libertad.

La prueba de que el miedo más miedo de los miedos es el miedo a ser feliz la tuvo Camila el domingo que José iba a cumplir treinticuatro años. Aunque se arrepentiría, dijo a Max que no asistiría a la fiesta porque estaba segura de que sería una payasada. Tenía varias opciones: terminar un estudio sobre la condición hermafrodita de las babosas comunes, comerse un pomo de caramelos o visitar a su madre, que presentaba en sociedad a su nueva conquista amorosa, el cirujano checo Latzlo Filip, y había anunciado un almuerzo faraónico en un merendero de Caracol Beach. Ninguna alternativa le atraía demasiado. Se escudó en ellas para salir de la encrucijada. Max tenía interés en conocer al famoso cubano, pero al oír que las niñas discutían en la cocina porque Marcia quería ver a los osos marinos, Mildred a los osos polares y Malena a los osos pandas, cambió el plan y las llevó a la playa.

Peggy Olmedo organizó los festejos sin descuidar un detalle. Desde temprano, en un escenario móvil colocado sobre el estanque de los patos, al pie del globo estacionario, escuelas de la costa presentaban cuadros alusivos a la efemérides, y en el zoo infantil se proyectaba la película de Spielberg donde intervienen los monitos sagrados de la India. El cuerpo de bomberos hizo ejercicios demostrativos de cómo salvar a una gacela de las garras de un leopardo, y el batallón acrobático de la policía motorizada deleitó a los pequeñuelos con maniobras en verdad riesgosas. Boby Camagüey y sus músicos tocaban *La engañadora*, del maestro Enrique Jorrín, en la glorieta de las aves endémicas: *Por Prado y Neptuno, iba una chiquita, y todos los hombres la tenían que mirar. ¡Me dijiste!...* Nueve cocineros, todos a las órdenes de Guido, trabajaban a horno batiente para gratinar las cincuenta pizzetas que cada quince minutos se consumían en la zoológica bacanal. A media mañana era tal el gentío que se apelotonaba ante la jaula de José que guardias de a caballo se vieron obligados a prohibir el acceso. En las calles exteriores, donde los expulsados defendían los derechos constitucionales del libre tránsito, grupos opositores pedían castigo para los autores del sainete. Algunos fanáticos se reviraron contra la restricción y fueron repelidos violentamente; otros, más ingeniosos, saltaron las tapias, allá por la zona de los juegos infantiles.

Los representantes de la prensa no cabían en La Bodeguita, deseosos de reportar el lanzamiento de las memorias de Ruy el Bachiller, prologadas por el alcaide Higgin. El autor se presentó vestido de banquero, en compañía de sus editores. La coleta le llegaba a media espalda. Morante lo confundió a primera vista. Ya no era aquel escuálido falsificador de pasaportes que había conocido en la penitenciaría sino un intelectual de carácter que respondía al público con gestos de tan estudiada modestia que al carcelero se le hizo sospechoso. En la tapa del libro se aseguraba que había vendido cien mil ejemplares, lo cual podía considerarse un éxito, mucho más si se tiene en cuenta que se trataba de una auténtica bribonada literaria. Inició la charla citando a Jean-Paul Sartre, al que llamó su maestro: "El existencialista francés nos cuenta la angustia del hombre: un ángel ha ordenado a Abraham sacrificar a su hijo; todo marcha bien si es de veras un ángel el que ha venido a decirle: Abraham, tú sacrificarás a tu hijo. Pero, ¿es en verdad un ángel y yo soy en verdad Abraham? ¿Quién lo prueba? Yo pregunto: ¿el hombre es ante todo un proyecto y nada hay anterior a su formulación? ¿La existencia precede entonces a la esencia? La torva historia de Pepe Kid, el asesino de la trincha, ¿acaso es mía?"

José lo escuchaba por los altavoces sin prestar atención a la conferencia, entretenido en seguir una columna de bibijaguas que se adentraba en su jaula. Los ecos de la amplificación local caotizaban el discurso del Bachiller, de por sí vago. Al pretender atravesar el pie derecho en la ruta de la caravana y conseguir de ese modo el repliegue de las hormigas invasoras, José vio que tenía las uñas largas y duras, así que quiso robarle a Cuco una de sus palanganas para poner a remojar "las patas" en agua tibia, pero el orangután de Borneo le lanzó un zarpazo que por un milímetro le desgarra la mano. Los colmillos mordían el aire. Durante los preparativos de la fiesta, Cuco había estado arisco, desdeñoso, como si esa contrita mañana, quién sabe por qué salvaje instinto que los humanos tal vez perdimos en El Diluvio, husmeara su muerte en la gelatinosa humedad del domingo.

Tercer solo de Zenaida

Zenaida se acordó de la vez que pescó varicelas, de las champolas que María Coronado le daba de merienda y de aquellas películas de *La comedia silente*; cuando quiso que sus peregrinos pensamientos retornaran a Santa Fe era tarde porque Stan Laurel y Oliver Hardy le habían echado a perder el domingo, por lo que subió a la azotea dispuesta a tomarse el primero de los muchos cubalibres de esa jornada. Qué maravilla las varicelas, pensó Zenaida. La cama. La tele. Y el cine mudo. Menos mal que Gigi la había acompañado hasta el cuarto; si no, sabe Dios en qué pocilga hubiese terminado el sábado más espantoso de su vida. Un avión: "Hoy vuela Iberia", dijo. La señora Kropotkin zurcía una blusa en la ventana. Zenaida eructó. Los gases del esófago sabían a fruta. Sobre los árboles del zoo, flotaba el globo estacionario de José. Detrás de esa playa, pensó Zenaida, quedan mis playas. Bacuranao. Santa María. Tarará. En fin, nadie se muere de varicelas, decía María Coronado. Dorremifasolasí. Zenaida odiaba la palabra melancolía. Se puso un hielo en la nuca. Silasolfamirredó. Lorenzo le había regalado una invitación para asistir al cumpleaños de José y aunque ella pensaba que no había mucho que festejar, salvo un eslabón menos en el grillete del cubano, lo cual era poco si se tiene en cuenta la inhumana longitud de la cadena, decidió ir en prueba de solidaridad, un sustantivo, quizás un valor, que comenzaba a revalorar después de diecinueve años de exilio, un rosario de fracasos sentimentales y una docena de traiciones, ocho ajenas y cuatro suyas. Estaba tristona "y una noche más vieja". Además, alguien acertó en la lotería, iban a comenzar los carnavales y a ella la acababan de despedir del Luna Club. La noche anterior, un accidente escénico había derramado la copa de la paciencia: cuando se preparaba para ejecutar la pirueta menos complicada de la coreografía, se le trabó un botón del puño en el escote. Un cliente libidinoso trató de aprovechar el súbito destape pero Zenaida, encabronada por su propia imprudencia, lo recibió a sopapos destemplados, desatándose un Waterloo entre los habituales del cabaret y las amazonas de La Dulce Colmena, Refugio Cuní incluída. La cubana huyó en medio de la confrontación, sin cobrar honorarios, y sólo cuando se vio en el interior de un taxi tuvo tiempo para reacomodar los caimitos de sus tetas, ante el asombro del chofer, que seguía la maniobra por el espejo retrovisor: "Anda a rescabuchear a tu prima", dijo Zenaida: "Qué va, aquí no hay quien viva. Yo me voy para España." La cubana había pasado media vida volando de rama en rama sin hacer nido en ninguna, y ahora que tocaba batir alas de nuevo, la simple idea de llegar a un sitio desconocido le producía pereza y curiosidad, por no mencionar otros pares de sentimientos encontrados. Iba a echarle una mano a José. Palabra. La mulata cruzó la calle y subió al departamento de la señora Kropotkin. Sacó cuentas. Hacía treintidós años que no visitaba un zoológico, y como los fines de semana son los días menos resistentes a la añoranza, quiso realizar una acción caritativa. Ninguna le pareció mejor que sacar de paseo a la pianista. Le recordaba a su abuela, aunque sólo tuvieran en común ese olor a escapulario que sudan los viejos. La memoria es caprichosa, un purgante, otra comedia silente. "Venga conmigo, camarada Kropotkin", dijo Zenaida. No fue fácil separarla del instrumento, menos desenredarle el cabello y trenzarlo a la moda de Mary Pickford, pero al término del tratamiento la rusa parecía la novia de Charles Chaplin en *Luces de la ciudad*. Gigi, que había dormido su inundación de tequila, se ofreció para acompañarlas. La presencia de la señora Kropotkin y de las coristas más calenturientas de Caracol Beach no pasaría inadvertida en el zoo de la alta sociedad: las zorras del patronato Nueva Viña, las víboras del mundo artístico, las hienas de la prensa y las lobas de los lobos de la política parecerían cucarachas cuando la gata de la Fagés y la perra sata de la Col atravesaran la pasarela, moviendo los fambecos al compás de sus respectivos himnos patrios. *Mas si osare un extraño enemigo, al combate corred, bayameses...*, cantaban en pleno delirio. La matancera buscó en la maleta A1 su traje de matemática exacta, un conjunto de chaqueta y pantalón que guardaba para eventos especiales, pero se demoró tanto maquillándose que cuando llegaron al zoo estaban a punto de cerrar las puertas y se vio obligada a levantar una mentira del tamaño del Pico Turquino para convencer a los guardias de que las tres venían en representación de la Oficina de Intereses de Cuba en Washington.

Zenaida entró pisando bonito. Y se le partió el alma. "Este tipo es un bufón", pensó. Imaginaba ver a un Adonis perseguido por una tropa de hembras voluptuosas, a un toro de lidia dando embestidas en el corralón de la jaula, incluso a un mártir de fin de milenio girando en el reguilete de un tiro al blanco, y se encontró un habanero abrigado en una bandera que se cortaba las uñas de los pies con las uñas de las manos sin importarle un rábano la inmortalidad o el ridículo. Una soprano cantaba trozos de Verdi sobre una cama elástica. Dos arlequines en zancos repartían propaganda para asistir al pozo de los delfines. Un enano vendía globos de colores. La mulata pensó que había prejuzgado la actitud de José, y sintió un relámpago de orgullo: no, no era un bufón. Aquel cubano nunca había olido a una mujer, no lo querían ni en su patria ni en el exilio, estaba condenado a pasar una eternidad en una ratonera comiendo ñoquis parmentier, lo utilizaban de espantapájaros en campañas publicitarias, le tenían prohibido hasta la más barata ilusión, se le contaban tres amigos (un orangután de Borneo, un barrendero de Ciudad del Carmen y una ardilla ¿escocesa?), vivía sin sueños y soñaba sin vida, pero aún así era quizás más libre y seguramente menos dependiente que muchos de aquellos corderos que comenzaban a consultar el reloj, a mover las nalgas en las sillas porque el genial José, el homenajeado, el asesino de la trincha, no acababa de desenterrarse la uña del dedo gordo del pie izquierdo, y mientras esa genialidad no ocurriera, por qué, cuándo, dónde y a quién iban a aplaudir las damas del patronato Nueva Viña —pensó Zenaida y le dio risa—. *Por Prado y Neptuno, iba una chiquita, y todos los hombres la tenían que mirar...* La señora Kropotkin recogía piedrecillas. "Voy a hacer un collar." Cada vez que se inclinaba, la mexicana debía destrabarle la cintura. "Buenas pompas, abuela. No se me mueva de aquí", dijo Gigi al sentarla en el merendero florentino. La rusa comenzó a teclear escalas en la mesa. Caderazos van y caderazos vienen, Zenaida y Gigi llegaron hasta la jaula.

—Oye, tú, José —dijo la mulata. José dejó de cortarse las uñas—. Acércate. Te traigo un chisme y no quiero que me oigan.

—En Santa Fe se pisan la lengua —aclaró Gigi.

Los tres estaban en medio de una concentración pero aislados. Perfectamente aislados. Como en una balsa.

—¿Son cubanas? —dijo José.

—Yo, matancera. Ella es mexicana.

—De Tijuana —dijo Gigi.

—Pero deja contarte. Alfredito...

Algunos curiosos se acercaron para escuchar el diálogo. Gigi Col los espantó. Moscas.

—¡A volar moscas metiches, a volar, que nadie les ha dado velas en este entierro! —dijo.

—¿Alfredito? —preguntó José.

—Chico, ¿en qué idioma hay que hablarte? —dijo Zenaida y miro a derecha e izquierda. Bajó la voz—. Créeme: sé quién fue el bello y luciferino lord Alfred Douglas.

Un cubano diría: José se partió de la risa.

José se partió de la risa.

—¿De dónde tú saliste, mulata?

—Atiende acá, muchacho, que esto se está poniendo malo y yo estoy apurada. Mira. El marqués, célebre porque decretó las reglas de las peleas del boxeo profesional, tuvo un hijo: Alfredito, el compromiso de Oscar Wilde. La parejita.

—No me digas.

—Te lo juro por mi madre. El señor de Queensberry descubrió una carta de amor de Oscar y tú sabes cómo son los marqueses: lo mandó para la cárcel. Tres juicios, uno detrás de otro. Fue un escándalo. Tremendo plumerío. Qué te cuento. Hasta por Radio Reloj dieron la noticia.

—Un millón de gracias, mulata —dijo José, que no paraba de reír—. Tú eres la vecina de Lorenzo, ¿verdad?

—Da igual. Por eso vine, para decirte.

—Alabao, qué rica estaba la ropa vieja.

—Y te lo quería decir para que aprendas, José, porque tú tendrás treintipico de años pero eres un fiñe... Hazame caso. Mira a ver bien a la persona que mandas cartas, porque aquí nadie sabe quién es quién.

Guido le sirvió a la señora Kropotkin un plato de brownies de malvavisco, "obsequio de la casa". Cuatro palomas se posaron en la silla. La pianista dijo al cocinero que Igor Stravinski había sido su confidente en Nueva York. Las aves le zureaban al oído. Igor. Igor. Igor.

Zenaida trabó la cara entre los barrotes:

—Oye José, si no quieres la bandera, ¿por qué no me la das?

—¿La bandera?

—Sí. Un favor paga otro favor. No la uses de toalla.

—Es un regalo de un amigo. ¿Para qué la quieres?—. La respuesta podía resultar tediosa y complicada. María Coronado contaba que en tiempos del presidente Gerardo Machado, el abuelo de Galicia quería una bandera a toda costa. "Un balcón sin insignia es como una iglesia sin campanario", decía. Pero también necesitaban una colcha para las niñas. El invierno de 1932 fue especialmente frío. No había dinero. Entonces, el gallego ingenioso decidió comprar la bandera más gruesa del mercado, tamaño cama matrimonial, y usarla como manta en las noches libres de fechas patrias. José le dio la bandera—. Bueno, es tuya, cubana.

—Mi colcha está viejita.

Zenaida se ahorró el cuento del Machadato.

—Voy a oír a Boby Camagüey —dijo Gigi.

—Chao, Gigi. Dile a Boby que vas de parte mía —dijo José.

—Ahora que los veo juntos. Larita me contó de "tu problema". Me encantaría ayudarte pero estoy complicadísima. Para qué te digo sí y luego no. Sumo, resto, multiplico y divido y no da la cuenta. Yo me voy de este país. No sirvo para echar raíces.

—Yo tampoco.

—Si tú quieres, vaya si te apetece Gigi, le hablo. Sin compromiso. Está recomendada. Cien por ciento. Hay pocas gatas como ella. Lorenzo y yo nos ponemos de acuerdo. No sé cómo van a templar delante de tanta gente. Qué gracioso el orangután.

—Es de Borneo.

—Fíjate tú. Es lo que yo digo: en Santa Fe nadie es de Santa Fe. Gigi, muchacha, espérate, que el mundo no se va a caer.

—Ve por la sombrita —dijo José.

—Me preocupan esas uñas. Remójalas un rato para que suavicen —dijo Zenaida.

—Eso pensé y por un pelín pierdo la mano.

—Habla en la dirección. Que no sean tacaños. Pide unas tijeritas—. Y sin más, como en las fábulas de Esopo, recogidas por el monje Planudes en el siglo XVI, la mulata se hundió en el mar de gente. Boby Camagüey repiqueteaba las pailas: *Por Prado y Neptuno, iba una chiquita*... Gigi Col había escalado los hombros del arlequín de los zancos y vacilaba el chachachá por lo alto. Traía falda estrecha, de cuero, y pantaletas bikini. El águila del tatuaje movía alas en sus ancas macizas. Cabalgata. *Y todos los hombres la tenían que mirar*... Boby tenía voz de barítono. *¡Me dijiste!*... La señora Kropotkin danzaba torpemente en el merendero y decía trozos de Vladimir Nabokov: *Lolita, luz de mi vida, fuego de las entrañas, pecado mío*... Guido Golgi hacía chocar los platillos de dos sartenes. ¡Chaz! ¡Chaz!... Zenaida pasó planeando la bandera. Y cantaba: A la urrarrá, a la urrarrá, bombochie, chie, chie, bombochie, chie, cha: ¡José! ¡José! ¡Rarrarrá!... ¡Arriba, Boby! Alabao. Híjole. Hurra. El cubano golpeaba los barrotes de la jaula, bombochie, chie, chie —loco por huir: ¡Rarrarrá!...

Lorenzo había descubierto los hormigueros en la llanura de los antílopes, abultados al pie de la higuera, pero en ese momento no les dio importancia, o si algo le preocupó supo callárselo, adrede, porque las campañas de fumigación estaban a cargo de las brigadas sanitarias y, desde el liderazgo del sindicalista Margarito Lara, era pan comido que entre los técnicos en insecticidas, tan pedantes, y los veladores de mamíferos, tan elementales, existía una rivalidad que marcaba claramente las responsabilidades de cada grupo. Así, sin la menor resistencia, la plaga extendió su imperio de matorral en matorral: para la fiesta de José, hordas de hormigas asediaban los edificios administrativos. Ya habían tomado posesión de los almacenes de fertilizantes, estableciendo una red de pasadizos en el subsuelo, con varias salidas al exterior, como respiraderos de un volcán. En medio de la conferencia de Ruy el Bachiller, las bibijaguas asaltaron La Bodeguita a través de las losetas, y algunas comenzaron a escalar los arruinados mocasines de Menelao González. El carpintero ocupaba una silla de tijera al fondo del salón. Su sombrero sobresalía sobre las cabezas de los espectadores como una estalagmita en medio del Sahara. A los setenticinco años, había acabado por vivir en un tiempo circular del cual rescataba unos pocos pasajes felices y un par de protagonistas claves: Rita y su hijo José, ambos perdidos. La primera raptada por la justicia divina; el segundo entrampado en las leyes de los hombres. Y las dos sentencias habían sido inmerecidas. Tenía, pues, probados motivos para desconfiar del cielo y de la tierra. Como odiaba depender de alguien, había llegado al extremo de construir su propio ataúd; aquel cajón de cedro servía además de banco de carpintería, sin importarle los improperios de algunas clientes prejuiciosas que se alarmaban al saber que la cuna de sus nietos se encolaba sobre un féretro donde podía leerse esta lápida ríspida: EPDMG (en paz descanse Menelao González). Por culpa de la arteriosclerosis que lo invadía nervio a nervio sólo salía a la calle los terceros miércoles de cada mes: por seis años consecutivos su hija Regla lo dejaba almorzar esa tarde en el Café Esther's de Santa Fe junto a otros compañeros de presidio; al principio los participantes atestaban el lugar, pero desde la reclusión de Perucho Carbonell en el Asilo Masónico se hizo notorio que se abrían claros en la tropa; incluso el último encuentro se había suspendido por falta de coro. "Quien quede, que apague la luz", dijo Menelao, terminando así un capítulo más en su catálogo de pérdidas irreversibles. Sin embargo, el domingo del cumpleaños fue al zoo por cuarta vez. Las anteriores no pasó de la jaula del tamarino. Desde allí contemplaba a su hijo sin atreverse a enfrentar una mirada que suponía rencorosa. José, quizás, no lo quería. Él sí. José se había negado a saber de su padre. Él no. Siguió escribiéndole semana tras semana para darle ánimo, hijo, ánimo, aunque desconocía que Regla quemaba las cartas bajo montañas de aserrín. La Bodeguita estaba hasta el tope. Hacía calor. Mucho calor.

En una pausa del conferencista, Menelao se cubrió la cara (el sombrerito olía a brillantina) y fue reculando hasta abandonar la sala. Por el establo de las cabras se cruzó con Lorenzo Lara. El campechano estaba reparando la cerca de Silvia y Marijó pero algo en aquel caminante llamó su atención, quizás el hecho de que fuera hablando de José en voz alta y en perfecto cubano: "¡Pepe, qué pena, carajo, le zumba el merequetén!" Las bibijaguas habían secado los ciruelos. Una escuadra de hormigas cargaba el botín de dos escorpiones retorcidos.

Ruy el Bachiller daba lectura al fragmento donde asegura que los presos acaban desarrollando un sentido adicional que les permite olfatear una presión distinta a la atmosférica: "Todos nos sentíamos culpables de una falta que no cometimos. El doctor Spencer Lund propone en su artículo una explicación salomónica: matar por amor puede considerarse una legítima manera de luchar en defensa propia, dice, pero puestos a pensar en Wesley Cravan, el romántico atenuante del criminalista queda desprotegido porque difunto y matador desean, desde corazones opuestos, a la misma persona." Para terminar citó a Oscar Wilde e hizo una petición desvergonzada: "Todo arte es a la vez superficie y símbolo. Los que buscan bajo la superficie lo hacen por su cuenta; los que leen el símbolo, también. Que Pepe Kid me perdone este texto desapacible. Muchas gracias."

"Yo no tengo nada que perdonarte, Bachiller", dijo José, que lo había escuchado por los altavoces: esa mañana no le interesaba otra cosa que cortarse las uñas de los pies con las uñas de las manos. Guido Golgi nunca había despachado tantas porciones de pizza. La soprano belga cantaba arias de Verdi sobre la pequeña cama elástica y su voz atraía un enjambre de turistas japoneses. Los dos arlequines en zancos repartían propagandas para asistir al pozo de los delfines. El enano de los globos pataleaba a un metro del suelo, a merced del viento y no faltaron ociosos que jugaran a acertar el momento exacto de que emprendiera vuelo.

El cabezarrapada que venía a matar a José llevaba espejuelos oscuros —para que no le descubrieran el odio en la pupila—. Los pocos que repararon en él contaron que lo habían confundido con uno de los tantos peregrinos en busca de beneficios. Luego se divulgaron otras versiones: que era un fundamentalista peligroso. Un loco. Un líder de los grupos xenófobos. Un asesino a sueldo. Menelao dio la voz de peligro cuando lo vio desenfundar el arma y procuró escudar a José tras su cuerpo de huesos alambrados pero el cabezarrapada lo despalilló de una bofetada, como quien descorre una cortina de bambú, al precio de perder seis segundos de oro. Desde el piso el carpintero presenció cómo el águila de Morante se lanzaba sobre el criminal, a riesgo de la vida. "¡Jódelo!", gritó Menelao. El proyectil desvió su trayectoria y partió el pecho a Cuco. "¡Mátalo!", gritó Menelao. Con una oportuna torcedura de mano, Morante forzó las acciones y le encajó el segundo disparo en el hígado. "¡Mátalo, carajo!" El cabezarrapada expiró al instante. En el zafarrancho, los arlequines fueron pateados por la manada de hombres y mujeres despavoridos. La soprano rebotó de nalgas. El enano quedó flotando entre las jacarandas. Lorenzo buscó refugio en la carpa de Guido, bajo la misma mesa donde la señora Kropotkin, minutos antes, había merendado unos brownies de malvavisco. El instinto de conservación había sido más fuerte que el deber de la amistad. Cuco se metía un dedo en el hueco del plomo sin entender por qué tenía ahora ese orificio perfecto, caliente, sin entender por qué la jaula daba vueltas en redondo, sin entender por qué se desinflaba sobre el mar de su sangre hasta quedar vacío como cáscara de plátano. Sin entender nada de nada. Plegó los párpados. Los suspiros se fueron distanciando. Hizo una pompa de saliva. José quiso asistirlo. Alargó el brazo entre los barrotes y alcanzó a tocarle los pies. Los pies le parecieron de goma. Estaban fríos. Helados. Los pies. La pompa se rompió en un hilo de baba. Cierto: la muerte es cuando menos una experiencia solitaria.

Menelao arrastraba los mocasines al caminar. Parecía un abuelo que ha perdido a su nieto en la multitud. Lorenzo lo reconoció al pasar frente a la carpa florentina.

Había reparado en su desmarrida figura en el establo de las cabras. "Tiene que ser Menelao", pensó. Por eso había defendido a José. De pronto el carpintero dio unos saltos de tomeguín en tierra, jubiloso. "¡Yo lo salvé, Perucho, lo salvé!", dijo y emprendió una cómica carrera. Lorenzo lo buscó por el parque. Aquí, allá, encontró más de diez ancianos cluecos, escleróticos, idénticos entre sí. Llegó hasta la puerta principal. Un río de gente desembocaba en la calle. Nada. Bomberos. Un vendedor de helados. Bicicletas. Patrullas de policía. Regla discutía con Salomón Carey: le manoteaba a dos centímetros de la nariz sin respetar la autoridad del sargento. Nada. Menelao había desaparecido. El campechano no aguantaba más. Quiso regresar a la galería de los simios pero las fuerzas lo abandonaron. Se recostó en la cerca del rinoceronte y rompió a llorar. Un enjambre de ideas vergonzosas le zumbaba en la cabeza como moscos sobre un plato de leche agria. ¿Por qué no defendió a José? A veces, al salir de los congales putañeros, cuando caminaba por el puerto a la hora en que las grúas comienzan a alzar los contenedores azules y los barcos atraviesan la neblina con sus banderas acartonadas de escamas, haciendo sonar los silbatos, Lorenzo aprovechaba los ripios del amanecer para pensar, y quizás pensara bien, que cada ser humano venía a este mundo a realizar una misión determinada, no importa si sublime o sencilla, heroica o pacífica. Él debía estar preparado, alerta, dispuesto a intervenir en el momento que cruzara su vida otra vida en problemas. Hasta ese domingo no fue capaz de reconocer cuál sería su tarea; después de lo sucedido ante la jaula de José poco importaba porque la había dejado seguir de largo, agazapado bajo una mesa del merendero. ¿Por qué se ocultó? Porque el miedo es el único sentimiento más impertinente que el amor. Aún tenía en la boca la sensación de que masticaba guijarros de sal. Le dolían los riñones. Entonces se acordó. Al abandonar el refugio e ir tras Menelao, había visto de reojo el cadáver de Cuco, mojado como un pan en la salsa de su sangre, y volvió la mirada pues no soportaba la imagen de la muerte en el fondo de sus pupilas dilatadas. El de Borneo había llevado la peor parte. Lorenzo ya no tendría que recoger su boñiga ni apaciguarle los arranques de rabia. A nadie debía confiar su pena: quién iba a admitirle que pudiese querer a un orangután de la manera en que él quería a ese orangután. El rinoceronte corría por la llanura como la mano de la señora Kropotkin sobre el teclado del piano o la mariposa de Zenaida de aeropuerto en aeropuerto o el cautivo José entre los bochornos de una jaula civilizada o el propio Lorenzo, Lorenzo el monigote, limpiador de cagaderos, buscando en los males de los demás consuelo para su propio maleficio: la hechicería de la soledad. Entonces vio pasar a las cabras Silvia y Marijó saltando las rocas del patio y les aventó un palo, una piedra, una brizna de hierba, un grito que les ordenaba huir, ¡corran, canijas, brinquen, escapen!, pues algún hazañoso animal debía rehacer la vida en otra parte, así fuese en la Osa Mayor, en nombre de todos los perdedores, de todos los infelices y de todos los olvidados. El metrónomo del globo estacionario se movía arriba de la floresta, solfeado por la misma tromba que, abajo, levantaba espirales de inmundicias. Las cabras se perdieron tras la cortina de polvo.

José no opuso resistencia cuando dos empleados del zoo entraron en la jaula, incluso se dejó esposar en gesto de franca sumisión, pero al ver el bulto del cabezarrapada cubierto bajo un mantel del merendero (el cuadro de tela no alcanzaba para taparle el brazo derecho), se sintió atrapado en un torbellino de niños berreando, mujeres venáticas, machos fanfarrones, y aprovechó una distracción de los custodios para darse a la fuga entre las jacarandas. Lo hizo por soberbia. Una altanería casi suicida. El absurdo final de Cuco le había enseñado que la muerte podía ser una liberación. No tenía nada que perder, sólo la vida, y la suya valía un frijol. Tres disparos al aire. El pánico invadió Villa Vizcaya. Sin el apoyo de las manos, encadenadas al frente, José acababa violando el eje de equilibrio. Sólo Morante mantenía la calma aunque le temblara el párpado y sintiera un vacío en la boca del estómago. Se sabía buen cazador. Por nada en este mundo iba a permitir que enturbiaran su tarde de gloria, ni siquiera con aquel tic nervioso que inutilizaba el ojo derecho: el de puntería era el izquierdo. José había escapado en dirección a la zona de los juegos, por lo que él concluyó que buscaría vencer la albarrada por el sector menos vigilado del zoológico y cortó camino para tender la emboscada a tiempo. Cargó su fusil de dardos sedantes y esperó por la presa en lo alto de una resbaladilla de la feria. Un lugar estratégico. Tiovivos. Columpios. Cachumbambé. Las mamás pastoreaban a sus hijos. Cacareaban. "Gallinas", pensó Morante. La sangre de su tercer muerto le había salpicado el overol. A los dos primeros tuvo que dispararles a boca de jarro, y no fue fácil echar en saco roto la imagen final de aquellos hampones que habían asaltado el colegio de su hijo Langston —uno rubio, con el cráneo roto por una bala calibre cuarenticinco; otro muy joven, arrastrándose como un perro sin médula entre las gradas de la cancha de baloncesto. "Siempre hay niños presentes, carajo", dijo en voz baja. Hoy no iba a culparse de la muerte del cabezarrapada, "no era más que un loco", y aunque tuvo una arcada se tragó el vómito, que le supo a mierda. Se tapó el párpado intranquilo y encentró al prófugo en la mira telescópica. José corría por las callejuelas de Villa Vizcaya. En varias ocasiones cayó al suelo. El miedo lo levantaba: si conseguía vencer el estanque de los patos tendría excelentes oportunidades de alcanzar la meta. A Morante le dio risa: daba tumbos. Pudo derribarlo contra las pajareras de las cotorras tropicales, hubiera sido un blanco fácil, también lo tuvo a tiro al cruzar el puente romano que se eleva sobre uno de los canales pero dejó que empezara a escalar la tapia para que viviera su ilusión hasta el último sorbo. No iba a negarle ese derecho. La caza es duelo, osadía. El viento volvió a soplar. Las dos cabras pataleaban en medio de un remolino de polvo. El globo estacionario se inclinó peligrosamente hacia el oeste. José alzó los brazos. Los dedos se afincaron en el ladrillo. Cuco. Rinoceronte. Phefé. El muerto. La muerte. Tomó impulso. Saltó. Al otro lado del muro alcanzó a ver a una niña en bicicleta. Rubia. Cola de caballo. La ciclista lo saludó. Morante apretó el gatillo. El aguijón se clavó en el cuello. Una abeja en la carótida. La niña chocó contra un poste. El cazador cargó a José en hombros.

—Arriba, cuñado: aquí no ha pasado nada —dijo y le echó tierra al episodio. Él tenía gestos así: inconsecuentes. Las mamás palmoteaban. "Pejelagartas", pensó Morante.

José durmió esa noche en la oficina del doctor Juscelino Magalhaës, encadenado de pies y manos. Revivía en sueños la escena del atentado, de atrás hacia delante, *de vuelta a la semilla* como diría Alejo Carpentier. Cachumbambé. La niña de la bicicleta. La polvareda se deshizo. Tiovivo. Dos cabras. Cuco moribundo. La sangre entró en las venas. La herida cicatrizó. El cabezarrapada se incorporó del piso sano y salvo. La pistola al cinto. Morante, fusil terciado. Los payasos subieron a los zancos. El enano de los globos fue descendiendo metro a metro hasta tocar tierra. La soprano belga saltaba en la cama elástica. Las uñas. Duras. *Por Prado y Neptuno, iba una chiquita*... Y entonces oyó el grito. Con el tiempo había logrado identificar los suspiros de los bonobos en celo, los cantos modernistas de los cisnes, los gruñidos de los pumas desesperados. Despertó en un brinco. Acababa de reconocer la voz de su padre. ¡Jódelo! ¡Mátalo! El veterinario de guardia le inyectó un cóctel de polivitaminas. Durmió catorce horas.

Lorenzo estaba sentado en el primer escaño de la escalera, a las afueras del edificio central del zoo. No se levantó cuando vio llegar a Camila bajo la sombrilla de los relámpagos, y apenas pudo contarle en frases cortas lo sucedido esa tarde, haciendo hincapié en la hazaña de Menelao.

—Va a llover —dijo Camila.

—Sí, va a llover —repitió Lorenzo.

El lunes amaneció tapado de nubes bajas. Cuando José abrió los ojos, Camila decía por teléfono a Lorenzo que no volviera sin las segundas pruebas del laboratorio "porque los muchachos del banco de sangre están malacostumbrados a los glóbulos rojos de los camellos pero en esta oportunidad se trata de un ser humano". La preocupación de Camila resultaba desproporcionada y acaso podía explicarse por su inexperiencia pues los biólogos, a diferencia de los médicos, no siempre atienden los padecimientos de un amigo cercano. Tenía hambre. José gastó un par de minutos en adaptarse a la luz y entender por qué había dormido en la oficina de Juscelino, sobre un sofá de poliéster. Llovía. Los bombardinos de los truenos y los lamparazos de los rayos hacían más irreal la escena. Camila llevaba un tabaco apagado en la boca. Mordía la boquilla. A José nunca le pareció tan atractiva como hasta ese momento, y pensó que bien valió el esfuerzo de la fuga si el desenlace hacía entrever que ella lo quería. Afuera arreciaba la tormenta.

Camila había seguido la secuencia de la captura en los noticieros de la noche y al oír la entrevista que hicieran a Morante en el establo de la cebra, donde el héroe del día contaba cómo impidió que escapara el animal más perfecto de la creación, dijo a su esposo que iría al zoo por un asunto de vida o muerte: "Me necesitan." El enfático verbo en plural, sumado a un enigmático sujeto omitido, dejaban lugar a muchas dudas e impedían la riposta. "Si no alcanzo a venir, te aviso", concluyó. Max Mogan rumió en seco. Después de diez años de matrimonio, quince meses en un departamento de soltero y tres semanas de reconciliación, sabía que no podría detenerla. Tampoco sería indiferente. La acompañó hasta el garaje y, en el estribo del auto, la besó en la boca. El aire se había cargado de salitre. Olía a sardinas. Por un nudo vial, la bióloga vio dos cabras que corrían contra el tráfico, saltarinas y vivarachas, sin ofuscarse por el aparatoso desbarajuste que provocaban sus embestidas.

Durante las últimas horas, Camila había permanecido junto al cubano durmiente sin importarle las protestas de Morante, para quien la bióloga era una intrusa que metía las narices donde no la habían llamado, y aunque no consiguió que lo liberaran al menos logró quedarse en el despacho. Los segundos análisis confirmarían que el corazón de José palpitaba sin sustos y que su sangre fluía libre de partículas venenosas. En principio los muchachos del laboratorio se negaron a realizar otras pruebas, seguros de que no existía ni la más mínima posibilidad de error, y de no ser por la amabilísima insistencia de Lorenzo Lara se hubieran marchado sin dar cauce a los caprichos de una bióloga lunática, caprichuda y antojadiza que ni siquiera sabía cómo interpretar los resultados. Lo que nadie podía suponer era que Camila estaba dispuesta a contar las cucarachas del hemisferio norte con tal de quedarse cerca de José, y ahora que había empezado a llover la casualidad le regalaba otro buen pretexto para no regresar a casa y enfrentarse en ayunas a los hirientes reclamos de Max Mogan. Encontró una caja de Partagás en el escritorio de Juscelino Magalhaës y robó uno de seis pulgadas. Abrió las cortinas para que saliera el humo.

—Buenos días —dijo José.

Aquel saludo colmó la copa. Camila esperaba que José despertara cuando ella se hubiese ido, evitándole así la incómoda obligación de explicar por qué lo había cuidado con tanto esmero si su mal consistía en haber dormido catorce horas seguidas, y al verse a punto de encender el Partagás, encaró a José sin miramientos y dijo todo, incluso lo que no pensaba. El domingo había resultado interminable. Para remate, el beso de Max

Mogan la había hecho sentir una rata adúltera. En la vigilia recreó demasiadas preguntas y tocaba a José responder algunas de las más espinosas. Sin dejarle derecho a réplica, le relató cómo Menelao enfrentó al cabezarrapada, según la crónica de Lorenzo; también contó la explicación que le había dado Regla cuando ella la cuestionó sobre la canallada de no haberlo visitado, luego de abrir La Bodeguita y por no dejar de decir hasta le informó que Spencer Lund había acabado por reconocer su incapacidad, que Morante era su cuñado, que tenía dos sobrinos, "ninguno se llama José", y que Wesley Cravan había sido novio de la peluquera de Santa Fe.

—¿Te sorprende?

Sí: a José le traqueteaban los doscientos ocho huesos del esqueleto. Le temblaba el mentón. Supo que estaba vivo gracias "al hombre del sombrerito" y que desde hacía meses Regla administraba una tienda a quinientos metros de su jaula. Wesley Cravan quería matarlo a él, no a Dorothy Frei. Sintió vértigo. "¿Qué edad tiene Regla? ¿Cuarentitrés? ¿Dos sobrinos? ¿Isidro? ¿Ivo, como el electricista de Atarés? ¿De cuál bodeguita me hablas? ¿Spencer Lund? ¿Y Regla vende fotos de la familia? ¿Qué es el Homopolio? ¿Papá? Si llevaba un sombrero de hule, era él. Siempre usa esa cachucha." La lluvia golpeaba la ventana. "Papá. Papá. Las desgracias lo persiguen, como a mí." José ofreció la mano a Camila.

—Cuco murió, ¿verdad? —dijo.

—Sí, José. Lo mataron.

—Tenía los pies fríos. ¿Quién fue?

—Un maníaco. Un loco de esos.

—¡Cómo llueve!

—En toda la ciudad.

—Mi jaula se habrá mojado. El otro día por poquito me mato. He pedido a Juscelino que pongan cortinas. No me hacen caso. Hay hormigas. Caravanas de hormigas.

—Lorenzo seca el piso mañana. Yo le digo.

—Mañana. Sí. ¿Sabes? Wesley Cravan me apuntó entre cejas. Me puse bizco. Lo maté. ¡Fue tan fácil! Dime, Camila, de qué sirve una pistola que no dispara. Papá. Oí su grito. Ha venido a verme, dos o tres veces. Se queda dando vueltas. Lo he visto allá por la jaula del tamarino. Yo trago todo sin masticar. Adentro. Crudo.

—Descansa, no pienses.

—Papá nunca se me acerca.

—Te estás haciendo daño.

—Me mira y me mira, escondido tras su cachucha. Así es. Lo entiendo. Está flaco. ¡Ay!, mamita. Yo no aguanto más, no aguanto más, coño. Yo quiero irme a casa. ¿Qué hago?

—Déjate querer, José.

El campechano entró en la oficina con las pruebas del laboratorio. "¡Virgen del Carmen, se está cayendo el mundo allá afuera!", anunció. Camila y José se besaban en el sofá. "Ahí nos vemos", dijo Lorenzo. Se quedó al otro lado de la puerta, las piernas en compás de tijera, los brazos amarrados al frente como un vigía del sol en las pirámides de Chichen-Itzá. Si los amantes llegaban a disponer de diez minutos de intimidad quizás podrían alcanzar la meta del sexo. Lorenzo inició la cuenta progresiva. Un, dos, tres, cuatro... En el segundo setenta arreció el diluvio: un ventarrón abrió la ventana del pasillo y tumbó un florero; en el ciento cuatro vio a Morante y al sargento Salomón Carey que venían platicando por la calle, bajo la lluvia. Lorenzo trancó las mandíbulas: tendrían que pasar por encima de su cadáver. Ciento noventa, ciento noventiuno... Caía el segundo doscientos trece cuando Camila salió del despacho. Ni disculpas dio al tropezar con el centinela maya, o tal vez dijo "lo siento" pero un rayo partió una araucaria y el fogonazo impidió que Lorenzo la escuchara. *Las guerras vendrán a ser menores cuando los hombres amen por igual las mismas cosas*, escribió Oscar Wilde. ¿Será? También dijo que todo hombre mata lo que ama.

Todo hombre, sí, mata lo que ama. Cuando llueve a cántaros, y a las diez de la mañana aún no sale el sol por ninguna parte, los cronómetros biológicos trastocan el horario: como si el hilo de arena subiera por la ampolleta del reloj, desafiando la gravedad, y cada minuto tuviese cien segundos, la tarde se eclipsa al mediodía, peor si doce horas de relámpagos le impidieron pensar, a Camila, que llegaría el momento de arrepentirse. Además, avanzaba el lunes y los lunes resultaban un problema porque sus hijas nunca querían ir al colegio y Max Mogan despertaba francamente antipático. Camila se protegía de la tormenta en el merendero de Guido, sin atreverse a cruzar hacia el estacionamiento. El globo de José daba batucazos. Las ráfagas arrancaron los pilotes y el aerostato sobrevoló los álamos. Una lanza de aire hizo que ganara altura y en un alarde dibujó dos cabriolas verticales, tomando en dirección a Caracol Beach, donde las bajas presiones encontraron una salida de emergencia. Entonces, Camila vio a Phefé. Desde la glorieta de las aves endémicas hasta aquella alcantarilla sin tapadera, la ardilla había esquiado sobre el peto de la tortuga borbona, venciendo los rápidos del riachuelo, pero al intuir que balsa y tripulante iban a ser absorbidos por la garganta asfáltica, se lanzó al abordaje de un carrito de golosinas que, en cascada, había encallado contra el contén, frente a la jaula del cubano. Los libros de Wilde buceaban en un charco rojizo. Un manantial de sangre insoluble nacía del pecho de Cuco. Tendido contra las rejas exteriores, el cuerpo del orangután represaba la lluvia: el ojo izquierdo ya quedaba bajo el agua, no así el derecho que miraba sin ver la última inundación de su vida. En la jaula de José, el viento se había encarnizado con los objetos, volteando el librero y los butacones. Camila echó a correr rumbo al estacionamiento. El terco rinoceronte se hundía en el fango, tan macizo él y tan sedienta la tierra que así lo regresaba a su vientre. Los flamingos batían alas a la orilla de los canales. "Es la única manera que tienen de aplaudir", se dijo Camila y sintió que un *rictus* nervioso comenzaba a jalarle los cachetes; encendió el motor del coche, echó en reversa y huyó del parque, aunque apenas ante el primer semáforo no supo hacia dónde se dirigía ni por qué le sonaban las vísceras ni cuándo terminaría esa indoblegable mañana. La tortuga, que había recorrido los intestinos de Santa Fe, sacó la cabeza por una cloaca, en el carril de alta velocidad: al ver lo que se le venía encima, regresó al subterráneo para buscar alguna escotilla más segura.

—Traes cara de haber hecho una travesura —dijo la señora Caporella al ver a su hija en la puerta del departamento—: Vas a pescar pulmonía. ¿De dónde vienes, mujer? ¿Del entierro de un bombero? Latzlo y yo nos quedamos esperándote en la playa.

Una taza de chocolate caliente y unas torrejas a la francesa hicieron que Camila echara afuera la espina de José. La señora Caporella, que presumía ser una experta en el arte de besuquear, hizo que le repitiera los pormenores del encuentro, hora, lugar, el árbol partido por el rayo, la interrupción del tal Lorenzo Lara, para detectar algún vericueto apocado, pero nada, el beso había sido un beso, eso, mi niña, un simple, tibio beso, y si ella enumerara, puestas a intercambiar secretos, todos los besos que había robado por aquí y por allá la cosecha sobrepasaría la centena; no obstante, de ninguno se avergonzaba al hacer el arqueo de sus pifias porque todos esos labios los había mordido "en puntitas de pie y con las pupilas aguadas". Camila se terminó la torreja.

—Mamá, ¿te acuerdas de Theo Uzcanga?

—¿El poeta del hambre?

—Qué mala eres. Theo llamó por teléfono para invitarme a cenar —dijo Camila: ya estaba aprendiendo a mentir.

—No creo que le alcance para llevarte a un buen sitio, pero acepta. Aún puedes...

—¿Puedo qué?

—Aprender a traicionar sin traicionarte. El único consejo que se me ocurre, hija, y lo digo para que no pierdas el viaje, es que te tragues el beso de tu cubanito como se traga un bombón a medianoche, después de bajar los primeros kilos en una dieta de alcachofas—. Camila aceptó el consejo. Le contó a Max Mogan de la travesía de la ardilla a bordo de una tortuga, incluso aseguró haber visto la cabeza de la borbona asomada a la cloaca (observación, sin duda, muy precisa), pero no soltó ni una onza de aquella golosina que ella y José habían disfrutado en el sofá. A la noche llamó por teléfono al doctor Magalhaës y le pidió unos días de licencia, a cuenta de sus vacaciones. El viernes supo que estaba sin trabajo.

En el transcurso de la semana, Juscelino Magalhaës nombró a Morante en el cargo de Velador del Hombre, una responsabilidad que contradecía sus principios humanistas pero que a esa altura de las circunstancias era una elección inevitable: el gobernador Ian Hill le había dicho: "O usted controla a José o vaya pensando en su querido Príncipe da Beira porque, si buscan, mis muchachos encuentran algún trapo sucio para deportarlo." Lo primero que el antiguo empleado del cementerio de Santa Fe recomendó al asumir la nueva tarea (que le permitía acrecentar su prestigio de verdugo mayor), fue que despidieran a Camila. Fiera entre humanos y humano entre fieras, Morante sabía que los romances estorban en un calabozo. El ascenso en la escala de mando significaba la posibilidad de comandar un aparato represivo que le recordaba sus años de gloria en la Cárcel Estatal. Nunca fue de su agrado abofetear un león. Prefería apretar las clavijas de un hombre. Por estrecha minoría, la junta directiva del zoo avaló la propuesta de "suspensión temporal del contrato". Al saber el dictamen, Camila intentó defender sus derechos desde el tambaleante podio de la sociedad civil. Perdió. Piquetes feministas plantaron barricadas ante las puertas del parque, pero poco lograron porque los estatutos del patronato contemplaban la posibilidad de tomar acuerdos de esa envergadura. Camila publicó una carta abierta, dirigida a "quien pueda interesar", y por esa rabieta se ganó que cambiaran a definitiva la cláusula de transitoriedad de la moción original. La oveja negra había sido expulsada de la manada —como en las fábulas: crueles y ejemplarizantes—. El día que la bióloga vació sus gavetas, Peggy fue a verla al departamento de investigaciones bacteriológicas y, después de media hora de plática, quedó claro el mensaje de aquella mujer sagaz que nunca se había permitido dar un traspiés ante nadie.

—Aléjate de esa trampa, doctora. A ver, te ayudo con las cajas —dijo. La gentileza es una buena forma de ataque.

—¿Podré venir a verlo? —preguntó Camila.

—Yo, tú, no lo haría. Hay historias que es mejor no saber cómo terminan. ¿Te imaginas lo espinoso que resulta para una profesional de nuestra edad mantener un amante a la sombra? Necesitas multiplicar el tiempo para poderte dividir entre dos camas, y precisamente ese incremento de actividades te obliga a comportarte ante tu marido de manera comprensiva, para que no se note lo notable. Las manías suyas, la toalla cagada porque el caballero no se limpió bien el culo, la ceniza de un Partagás en el suelo, la dependencia a los perros calientes, esos "pequeños detalles" que ayer te irritaban, debes dejarlos de lado, y él, claro, acaba por enamorarse de nuevo, ya verás, con lo cual la relación se vuelve un termo de cianuro y si no tienes control de ti misma, lo acabas mandando a la porra, perdiendo al esposo y al querido, porque sin el uno, el otro carece de sustancia —dijo Peggy y, al salir de la oficina, dejó caer este comentario como quien tira una limosna—: Lo digo por experiencia propia. —Camila sonrió: todos, en cualquier parte, se veían en la obligación de aconsejarla.

Los profesores de biología del Instituto Emerson adquirieron el cuerpo de Cuco para disecarlo en el taller de taxidermia, pero los estudiantes equivocaron la dosis de formol y el cadáver se descompuso por lo que fue cremado a trozos en los hornos de orfebrería, siniestro asado que demoró cuarentiocho horas de combustión fragorosa. Los dos babuinos pasaron a habitar la jaula vacante, donde alguien había escrito un graffiti de mal gusto: Eslabón Perdido. Tigran el Temible perdió el contrato de exclusividad y al restorán italiano le fue retirada la concesión. Aún faltaban unas doce mil trescientas comidas y cenas por preparar, y nutriólogos del Instituto Emerson se encargaron de diseñar dietas que garantizaran el éxito de un proyecto en el cual se había invertido una fortuna. Guido lloraba su fracaso sobre el hombro de Lorenzo. No era italiano sino albanés. El bonito apellido de Golgi lo había copiado a un gladiador de lucha grecorromana que conoció en Tirana. Siempre optimista, el pelirrojo se había ganado el afecto del campechano, a quien llegó a confiarle intimidades de alcoba. Tenía seis hijos de cuatro mujeres diferentes, tres amantes clandestinas, una novia en candelero y ni aún así se consideraba dichoso. José le guardaba gratitud. Aquel emigrado había vivido meses a unos pasos de su jaula, bajo una carpa, expuesto a la crítica y a las burlas de los espectadores, como un animal más del zoo, el único, por cierto, que daba de comer a sus semejantes. Guido quiso tener un gesto de despedida y le regaló a Lorenzo un recetario de comida búlgara. Donde estuvo el merendero florentino, se levantó una garita de observación de seis metros de altura, con guardia las veinticuatro horas. Morante daba pasos en firme. Ordenó retirar las obras de Oscar Wilde y prohibió a Berta Sydenham que siguiera trayendo los periódicos. Lorenzo se le enfrentó junto a la jaula del saraguato bonvivant.

—Ni que fuéramos bestias. El tigre recibía mejor trato —dijo.

—No te equivoques: el zoo no es un hotel de lujo.

—Pero tampoco una cárcel.

—Lo será.

Y lo fue.

Langston se presentó a exámenes finales en el Instituto Emerson al día siguiente de que Morante expusiera sus medidas de seguridad en un programa televisivo, y el jurado calificador, conociendo el parentesco y leída la carta de recomendación de José, le preguntó qué opinaba sobre el fallido atentado en el zoo, a lo cual el muchacho respondió con una relación de casos similares en la historia contemporánea (los asesinatos de John Lennon y de Sisi Emperatriz), para concluir que nunca faltan hombres sin vergüenza que quieran robar fama ajena de un plumazo; por tanto, a juicio suyo, asegurar la vida de González, como planteaba su padre, podía compararse a la decisión del Louvre de preservar a cualquier precio *La Gioconda* o *La Victoria de Samotracia*. Morante, presente en el salón, sonrió de boca hacia adentro para que los profesores no le vieran el diente de oro. De inmediato se amplió la recámara del cubano y se atornillaron tapias de cristal blindado para alejar al público una docena de metros. Un sistema de protección electrónica controlaba a los que por estrictas razones de trabajo debían relacionarse con el reo. El vocero del zoo anunció que se cerraban las puertas de Villa Vizcaya hasta nuevo aviso. Morante resolvió el problema de dónde ubicar al cubano: en lo que se terminaba la remodelación, hizo que lo encerraran en la clínica veterinaria. Al tercer día, más murrio que un búho en un microondas, José se declaró en huelga de hambre. Una tarde, Morante lo despertó a gritos.

—¿Quién te crees? Si tu fuga no pasó a mayores, es porque le dije al sargento que todo fue una broma —dijo Morante y escupió.

—¿Por qué me dejaste llegar al muro? Te vi en la resbaladilla.

—Cómo negarte la ilusión de escapar. Un golpe maestro.

—Tengo ganas de presenciar tu encuentro con Lee Shelton.

—Sólo vuelvo a la cárcel si te mato. Serías el cuarto. —José hizo un gesto de indiferencia—. ¿Qué sentiste después de clavarle la trincha al quarterback? Dime. ¿Náusea? Cuando acribillé a esos hampones, me dio repugnancia. Para que veas, no me pasó lo mismo con el cabezarrapada. Debe ser que estoy curado.

—Hijo de perra.

—¡Hijo de perra, yo! Los muy cabrones tenían a nueve niños de rehenes, Langston entre ellos. Había fiesta en el colegio. Mi hijo iba a cantar un tema de Billy Joel. Al rubio le rompí el cráneo; al joven, le desbaraté la columna. Murió a gritos. Mira, Pepe, trabajé años en el cementerio, cremando zonzos como tú. Recuerdo a un compatriota tuyo. Lo quemé junto al perro de mi padrino. No había diferencia entre las cenizas de uno y de otro. Piénsalo. Además, somos casi de la familia: tu hermana y yo nos casaremos pronto e iremos de luna de miel a La Habana. Vas a comer, aunque sea tierra pero vas a comer.

—Yo mando en mi hambre. ¿Ya le dieron la beca a Langston? —dijo José y cerró la pajarera. Su principal exigencia era terminar aquella farsa. Y sin aplausos. La muerte del cabezarrapada, el beso y la expulsión de Camila, las traiciones de Regla, la bravura de Menelao y el final de Cuco marcaban los ejes de una rueda que él no estaba dispuesto a seguir arrastrando. Arrinconado en la pajarera de la veterinaria (un nicho pequeño que lo obligaba a permanecer en cuclillas), hundido en sus excrementos, decidió imitar el ejemplo de los elefantes y morir en el anonimato. Lorenzo y el padre Jordán le hicieron la visita. El primero traía un ejemplar de *El gran zoo*, del poeta Nicolás Guillén; el segundo unos savarines de frambuesa, bien disimulados en su portafolios, obsequio de Guido Golgi.

—Llevas días sin probar bocado —dijo el sacerdote.

—No sólo de pan vive el hombre —recordó José.

—Te están ampliando la jaula —terció Lorenzo—. Vi que colocaron una antena de televisión. Guido te preparó los savarines. No sabes el trabajo que le costó al padre convencer a los espías de Morante que eran hostias vaticanas. ¿Quién va a cuidar de Phefé?

—Phefé se basta sola —dijo José.

—¡Nadie se basta solo! Cuántas veces tendré que decírtelo...

El padre se remangó la sotana.

—Por la boca mueren los vanidosos, Pepe Kid —dijo.

—¡Huyan, compañeros!... —gritó Lorenzo y comenzó a abrir las jaulas de los animales en cuarentena. Hablaba solo. O con Margarito Lara porque entre frases se oían lemas sindicalistas, pasados de moda. Dos conejos se negaban a salir; él los tomó por las orejas y los liberó a la fuerza. Un canguro boxeaba contra la pared. Las avestruces corrían por los pasillos. La habitación se llenó de plumas. La escena no dejaba de resultar divertida.

—Te has vuelto loco: mete todos esos animales en la jaula, rápido —gritó el padre Jordán y cazó un loro al vuelo. El loro le picó la mano. El padre azuzó al loro. El loro se afincó en la cabeza de Lorenzo. Lorenzo apachurró al loro. Los conejos se metieron en la jaula de José. El cubano ahuyentó a los conejos. Entonces buscaron refugio en la bolsa del canguro. No sabían vivir en libertad. Lorenzo azuzaba a los animales. José estalló en una carcajada. Se retorcía en la jaula. El padre sacudió la pajarera a manotazos. Lorenzo se fue gateando bajo la nevada de plumas, sin escuchar la capitulación del cubano:

—¿Dónde quedó la hostia de Guido?

La mañana que regresó a su nuevo aposento, un búnker amplio, luminoso, impenetrable, José marcó en el piso un rectángulo de yeso, separado medio metro de cada pared. Alguna vez, recién llegados de la isla, por los días en que apuntalaban a martillazos un palomar en las afueras de Santa Fe, su padre le contó cómo había conocido a Perucho Carbonell, entonces un preso político que cumplía doce años de condena en la fortaleza de La Cabaña. "Era un prisionero de gran nobleza que se pasaba el día tejiendo y destejiendo una bola de estambre. Ya estaba medio cegato. Cuando supo que tú habías nacido, afuera, decidió que sería tu padrino y comenzó a coserle un abrigo a su ahijado." Una tarde, en el patio de la penitenciaría, cerca del foso de los fusilamientos, Perucho y él llegaron a la conclusión de que aun en una celda de tres metros cuadrados, donde el concepto de libertad es impensable, todo hombre puede llegar a decidir en sus dominios: "Libre no, Menelao, pero soberano sí", dijo el masón. Bastaba con delimitar un espacio menor del concedido por la ley y nunca traspasar la frontera. En la renuncia de esas pulgadas de territorio se fundamentaba, para ellos, la dignidad. José recordó la lección. Pintó su raya y se sintió inmenso, dueño de su reino y su pobreza. Pisaba la línea de cal como un equilibrista en una cuerda floja. Medía cada paso. "Perucho, qué te parece: Regla se nos va de luna de miel a La Habana", pensaba al realizar la pantomima.

José hubiese querido que Menelao presenciara lo que sucedió una mañana mientras él leía la correspondencia atrasada. Algún "admirador habanero", fanático de la política, le había enviado una rigurosa selección de recortes de prensa que abordaban el tema de la reunificación cubana, "de izquierda a derecha y de derecha a izquierda". Después de muchos años sin pensar en el destino de su tierra, uno de aquellos artículos había despertado su curiosidad. El comentarista dominaba la materia, y a manera de resumen se atrevía a pronosticar un fin de milenio insoluble si los líderes de la isla y del exilio no eran capaces de limar odios caducos. Etcétera. De pronto escuchó una graciosa conversación. Un niño de unos diez años discutía con un hombre tan flaco que parecía un fideo. Por la plática supo que venían de la pequeña ciudad de Klamath Falls, en el distante estado de Oregon. La ilusión del niño era retratar a José en su triunfal retorno y documentar la aventura ante sus compañeros de colegio. Se sentía estafado. El hombre mayúsculo no era muy distinto al hombre minúsculo.

—Se parece al tío Agustín, papá, que se pasa el día leyendo el periódico. Me engañaste. Quiero irme a casa.

—Es lo que dicen en la televisión, hijo. ¡Qué culpa tengo! Observa a los soldados en las garitas. Están armados. Por algo será. Los animales son caprichosos. Fíjate en la mirada, en cómo cruza las piernas. Tu tío jamás se sienta de esa manera. Es un gorila.

—No, no es un gorila.

—Espera, hijo. Un buen fotógrafo debe tener paciencia.

—Mis amigos se van a burlar de mí.

Los amigos no se iban a burlar de él. José dio un grito espeluznante y comenzó a patear las rejas. Se paraba de cabeza. Emitía alaridos incomparables. Retrocedía en un solo pie. Daba vueltas de campana. Se estiraba los cachetes. Gruñía. El niño estaba aterrorizado. Aquellas improvisaciones contagiaron a los huéspedes del motel.

La chimpancé gruñía histérica. Los tres monos de Madagascar y el fiestero tamarino americano corrían por los techos como acróbatas de Broadway. El saraguato bonvivant saludaba a la concurrencia. Uno de los babuinos lanzaba morteros de estiércol, imitando al difunto Cuco. Padre e hijo se alejaron al galope. José por poco se desternilla de risa: una de las bombas voló sobre los cristales blindados, en perfecta parábola artillera, e hizo blanco en su cabeza. Por el lóbulo de la oreja goteaba el fétido merenguillo del excremento. El niño disparó su cámara. Feliz.

—¡La guerra de los pasteles! —exclamó José.

—Ya estás listo para ser un hombre libre —dijo Lorenzo. Había visto la escena desde las jacarandas.

—¿Por qué?

—Tú sabes. No te hagas.

Una idea audaz fue tomando cuerpo transgresión tras transgresión: el último domingo de carnaval, cuando la comunidad latina de Santa Fe festejara los estertores del milenio en una fiesta de disfraces que transformaría las calles en un manicomio, el prisionero saldría de la jaula por unas horas para amar a la bióloga. Así nació la operación Moncada II. José marcó el día en su almanaque de pared. Menelao le había contado un sin fin de veces que los atacantes del cuartel Moncada habían elegido una fecha de jolgorios para pasar inadvertidos y asestar el golpe por sorpresa. El campechano y el padre Jordán se convirtieron en los cómplices de aquel romance. Haber sido invitado a participar en las juntas de la conjura le permitía al sacerdote poner en práctica los conocimientos adquiridos en el confesionario: los relatos de sus pecadores le servían para comprender a los otros actores de la aventura. A la tarde subía a las garitas para jugar a los dados. Entre glosas deportivas y citas evangélicas, iba evaluando la condición de los centinelas, sus ambiciones y temores, sus planes para el futuro, y así pudo presentar ante sus camaradas un diagnóstico tentativo de los posibles comportamientos durante la fuga. Lorenzo era el enlace entre José y Camila. Los guardianes jamás repararon en ese animal de rebaño que pasaba junto a ellos y les daba los buenos días, las buenas tardes y las buenas noches. Bajo la gorra de pelotero contrabandeaba cartas, amuletos, hojas secas, tonteras de muchachos. Camila y Lorenzo se veían en puntos de la ciudad, previamente acordados: "Terremoto en Albania" quería decir que se encontrarían en el nuevo merendero de Guido, al norte de Caracol Beach. La bióloga acabó por disfrutar esas diabluras. Si no le dejaban visitar a José, ella se desquitaría de sus inquisidores al ser eje de una intriga que le hacía pensar que estaba violando convenciones, una experiencia novedosa para una mujer tan conservadora. A sugerencia de Zenaida, perita en el tema, Lorenzo consultó a Camila una duda de calendario no fuera a ser que las reglas cíclicas de la ovulación enturbiaran el festejo. "Saca cuenta. Uno más uno son dos pero a veces suman tres", dijo la matemática. "Si se descuidan ese cubano tangencial puede preñar a una golondrina de sólo verle el equilátero púbico." Después de virulentas discusiones, los amigos acabaron eligiendo un lema de campaña a mitad de camino entre la tierra y el cielo: *Proletarios de todos los países, amaos los unos a los otros.* El sacerdote aportó vino para el brindis, el campechano unas quesadillas de flor de calabaza y el habanero improvisó un discurso rebosante del menos espumoso Oscar Wilde: *La desobediencia, a los ojos de cualquiera que haya leído la historia, es la virtud original del hombre.* "También su pecado", dijo el padre Jordán. Tentación. Inocencia. Y una manzana. La serpiente encarnó en Max Mogan.

La envidia es una forma maldita de la esperanza: por algo, ambos sentimientos se pintan verdes. Tres noches antes de la fuga, el empresario descubrió una de las cartas del cubano y confirmó una duda que lo venía atormentando desde hacía meses: *Nada debiera dañar a un hombre más que él mismo. Lo que un hombre tiene realmente es lo que está dentro suyo. Lo de afuera no debiera tener importancia. El hombre encontrará la felicidad en la contemplación de la felicidad de los demás. Te queremos, Phefé y yo.* Max Mogan guardó la carta. Odiaba a José porque había logrado desde una jaula lo que él no pudo en un palacio. Ese triunfo lo convertía en su enemigo y en su derrota. Quiso ahogar la angustia en martinis y fue al hipódromo. Ganó todas las carreras menos una, a pesar de haber apostado a los caballos por sus nombres y no por sus méritos: Otelo, Duelista y Vengador. Perdió con Alegría, el favorito. Aquellos triunfos casuales lo hundieron hasta el cuello en la zozobra pues la suerte en el juego probaba su mala suerte en el matrimonio. La pasión por Camila era un sentimiento más complicado de entender pues el amor, a diferencia del odio, es una necesidad. El odio se impone. El amor se merece. La cadena del odio, si se teje desde el desamor, comienza en un eslabón muy débil: los celos. A los celos sigue el desprecio, al desprecio la vanidad, a la vanidad la obsesión y a la obsesión la torpeza. Un comentario al margen: para muchos hombres prepotentes la ficción es una ruleta rusa. De la vida, eligen lo palpable. Van a lo seguro. Al blanco. Sus caminos habituales no se acercan siquiera a esos barrancos imaginarios desde donde algunos se lanzan con la ilusión de aprender a volar en el vértigo del descenso; si acaso los bordean, a prudente distancia, sujetos a los pasamanos del mirador turístico. Sin duda, prefieren anclar en tierra firme, porque ir de romántico por el mundo les parece una pérdida de tiempo cuando no una soberana tontería. Las nubes no se hicieron para andar por ellas. Un prepotente se ríe de los poetas repentistas, evita los cafés de adivinos, desconfía de los bohemios, los trasnochados, los genios inútiles. Siempre se propone, y nadie duda que lo consiga, descubrir los trucos de los magos, cómo desapareció la paloma en el bombín o de cuál ingenio se valió para serruchar a la robusta modelo.

Jamás flaquea. En tanta arrogancia suele fermentarse una debilidad. Al carecer de un sistemático entrenamiento de la fantasía, el prepotente queda en una posición desventajosa cuando las punzadas de los celos le estrangulan el gaznate. Entonces se paga caro el desprecio por la ficción: está obligado a fantasear y no sabe. A pesar de que sólo se le ocurren escenas de una pésima calidad dramática, el simple ejercicio de la recreación acaba por fascinarlo. Lo entretiene, seduce, deslumbra y envicia. La experiencia resulta excitante. Algo ha cambiado. Los vestidos de ella ríen, socarrones, en el ropero. La almohada huele a hembra. La barra de mantequilla tiene masa fálica. Los champuses de la bañera, los potes de crema, los frascos de fragancias ligeras, el gorro para el pelo, son cómplices mudos de la traición. Las sandalias de gamuza no dicen en qué pista bailaron la noche anterior. La madrugada se ahonda. El whisky sabe a lluvia. Copa en mano, oculto tras la cortina de la ventana, barbudo, el prepotente supone lo peor. Que el gigoló seguramente posee una verga descomunal. Que ella es una víctima. Una ingenua. Una farsante. Ramera malagradecida. Ha entrado en un infierno del que no podrá salir sin rasguños. La película sigue rodando y los amantes ahora beben la salsa de lo prohibido. Se aman sobre la alfombra, bajo la regadera, en el coche, tres cuadras antes de llegar a casa. Cierra la cortina. Se hace el dormido. Al dolor del celo se suma la pena inconsolable de no tener imaginación. En el mejor de los casos, podrá perdonar la infidelidad, incluso admitir su parte de culpa: lo que jamás olvidará es haber construido un castillo en el aire porque su derrumbe le deja un vacío tan fabuloso que nada, ni un nuevo éxito, podrá llenar sin agruras. Tiempo al tiempo.

El torpe Max Mogan regresó del hipódromo y dijo a Camila que estaba a punto de perder a sus tres hijas en un pleito que la sepultaría para siempre en la vergüenza. Otelo, duelista y vengador iba a pelear esa carrera pulgada a pulgada, aun sin alegría. Ella lo negó todo, hasta que Max Mogan le echó en cara la carta y supo que había perdido el juego. Entre el hogar y el zoo la balanza se inclinaba claramente hacia las niñas. Lo único que no se permitió fue el arrepentimiento porque había jurado que nunca volvería a dejarse domar por la lástima, aunque acabó reconociendo la eficacia de la seducción. Aceptó un martini. Max Mogan abrió su pecho. Otro martini. Ella nunca lo había visto llorar. Parecía tan grácil, vencido, abrumado. Max retiró la amenaza de chantaje. Camila quedaba en libertad de elegir. Repasaron sus vidas desde la medianoche hasta el amanecer, y al sexto martini Camila se sorprendió evocando algunos momentos gratos y un par de amigos colombianos; cuando fueron a la cama, acordaron ausentarse del país una temporada y fortalecer, en Berlín por ejemplo, un matrimonio que estaba a punto de la bancarrota. Una furgoneta ambulante anunciaba que el próximo domingo, último de carnaval, los latinos de Santa Fe celebrarían la proximidad del año 2000 con una mascarada que nadie debía perderse: "Sea usted quien siempre quiso ser", proclamaba el locutor sobre los pujidos del maestro Dámaso Pérez Prado. *¡Uh! mambo, qué rico el mambo, mambo...*

—¿De qué te vas a disfrazar? —preguntó Camila.

Max Mogan se corneó los dedos gordo y meñique.

—De alce —dijo.

—Necio.

—Te quiero.

—¡Quiere tus caballos!

Camila saltó a la cama y la emprendió en su contra, dando pataditas de coneja a tutiplén. Desde la ventana del cuarto se veía la luna. La vieja luna. La misma intrusa que iluminaba la talla de ese Cristo desvalido que comenzaba a borrarse en la cal de la celda; dos murciélagos se habían posado en sus ojos, como algodones sobre los párpados de un ciego.

Último solo de Zenaida

Desde que Sandalio Baeza encontró al largo Pavel Sulja en los respiraderos del edificio, tendido sobre la gabardina escarlata, con un Tres de Oro en la mano y una botella de Ketel One entre los muslos, perfectamente tieso, más que mudo, muerto, y a Zenaida le dijeron que Lorenzo enfrentaría los trámites funerarios pues el médico catalán estaba tan pesaroso que no quería hacerse cargo del fiambre, la mulata subió a la azotea y estuvo canta y canta su duelo, *el tiempo, el implacable, el que pasó, siempre una huella triste nos dejó. ¡La vida que es tan corta, al parecer!...*, duelo que no se debía sólo al colapso del escandinavo sino también a la jodida circunstancia de estar más volátil que un aeronauta en una caminata espacial, entre otras muchas pesadumbres (la edad, el exilio, incluso la celulitis), así que cuando Camila Novac llegó preguntando si allí vivía Lorenzo Lara, el mexicano del zoológico, ella sintió que invadían su intimidad y tuvo el impulso de mandarla a casa de yuca, lo cual hubiera sido una réplica inflamante, pero como vio desconcierto en los ojos de la desconocida, le brindó mejor un trago de aguardiente de caña: una hora después las dos gateaban por el cuarto de la Fagés, borrachas, terriblemente borrachas, porque la señora Filip había prometido que se disfrazaría de Marilyn Monroe en el carnaval latino y los agricultores del municipio habanero de Bauta acababan de lograr una gran cosecha de hortalizas, y esas dos irrelevantes noticias eran, ante el final del silencioso escandinavo, los únicos motivos que ambas tenían para brindar por la vida. Así que tú eres el cráneo de José, dijo Zenaida: se ve loquito por ti, muchacha. *Tic tac: Gran cosecha de hortalizas en el municipio Bauta. Tic tac: jonrón de Víctor Mesa deja al campo al equipo Industriales. Tic tac...* La semana pasada le dije a Lorenzo que debían preguntarte cuándo te toca la regla, para que no se les complique la noche. ¡José, José, siempre José!, dijo Camila: tengo el bombón de su beso atorado en la garganta. Llovía a mares: los aguaceros me debilitan. Zenaida bostezó: ¿y por qué te saliste de esa oficina? Hubieras aprovechado. Estaban solos. No sé, reconoció Camila: corrí. No me acuerdo de nada: sólo del beso. Y del rinoceronte, hundiéndose en el fango. Unos vacacionistas hallaron los restos del globo en los arrecifes de Caracol Beach, invadido por una legión de cangrejos. La foto apareció en los periódicos de la tarde. ¿Te cuento un chisme?, dijo Zenaida: hace tiempo Lorenzo me dijo que José nunca ha hecho el amor con una mujer. Por eso me habló. Es que soy más caliente que la gallina que aprendió a nadar para ligarse al pato. ¿Se me nota? Mira que si se me nota no me dejarán descender del avión en Madrid. Me quedó un picapica en el cuerpo. Es verdad. Pero me desquité ante Larita. Y Camila dijo: ¡qué linda manera de decirlo: el picapica! Pobre Larita, dijo Zenaida. Me fue a ver al cabaret. Qué 31 de diciembre. Qué horror de Navidad. Y entonces, ¿con quién se ha acostado?, dijo Camila: ¡con la mona! Qué perradas se me ocurren. Hipo. Eres una mosca muerta, dijo Zenaida. ¿Le confesaste que lo amas? No lo amo, Zenaida. Un beso es poca cosa para saber si uno ama a un hombre, ¿o no? Le escribí una carta. Lorenzo se la llevó. Una carta de amiga, palabra, donde yo decía que en este mundo hay cárceles invisibles de donde resulta muy difícil escapar. Qué bonito tú hablas, comadre, dijo Zenaida pero Camila no le devolvió el cumplido: ¡Por qué volví con Max! Porque la soledad es muy fea, dijo Zenaida: por eso volviste. No es tan malo, dijo Camila: hubieras visto cómo lloraba. Los machos derraman lágrimas de cocodrilo, Camila, pásame la botella. Esto es una locura, Zenaida. ¿Y mis hijas? No. Me voy. Max conoce empresarios en Berlín. ¡Alemania, la tierra de Rosa de Luxemburgo!, exclamó Zenaida. Tengo vocación de maestra, espíritu investigativo. ¿Te ríes? Por mala tienes hipo. Soy un filtro. Estuve a punto de graduarme en el pedagógico de Matanzas. La hija menor de María Coronado, la negrita de los lazos, ¡licenciada en matemática! Pásame el aguardiente. Ya lo tienen todo planeado. Date el gusto. Ni hablar: Max me mata. Me voy a Berlín... Yo también me voy, dijo Zenaida. Compré boleto para esta noche. Si no, mañana entro en el zoo, rapto al cubano y me lo meriendo de una mordida. ¡Ahu, como las leonas! ¡Ahu! ¡Ay!, estás borracha, Zenaida Fagés, dijo Zenaida: perra que ladra no muerde. ¿Dónde quedó la botella de aguardiente? ¿Te atreverías a hacerlo? ¡Ahu! Yo sí, Zenaida Fagés, pero cuando se me quite este hipo. ¿Tienes un cigarro?, dijo Camila. No. No fumo. ¿De dónde tú eres, Camila? Se te oye un acento más raro que el diablo. Ni sé, Zenaida, mi padre era holandés, nacionalizado español, mi madre argentina, yo nací en Boston, pero estudié en un colegio de Bogotá... ¡Tremenda internacionalista! ¡Para qué le escribiste a José! Mira lo que pasó. Yo lo dije a José: no escribas cartas, dijo Zenaida: me voy. No te vayas, Zenaida, me dan ganas de llorar, dijo Camila. Todos nos vamos. Berlín está muy lejos, dijo Camila, quédate conmigo. Ayúdame. Nos metemos las dos en la jaula. José besa rico. Camila bebió de la botella: el amor es una zalagarda, una trampa. Eso afirma Peggy Olmedo. ¿Qué vas a hacer en Cuba?, dijo Camila y Zenaida respondió: la vida es una sola, pregúntale a Pavel Sulja. ¡Pobre Pavel Sulja! Lo despalillaron en la bolsa de valores: a quién se le ocurre apostar toda su fortuna vendiendo futuros de sacarina. Se quedó sin plumas y cacareando. ¡La pequeña Lulú!, exclamó Camila: ni tan guapa. Yo la vi fea. Fea. Feísima. Horrible. ¡Nariz finita! Nariz de zanahoria. ¡Ahu!, aulló Zenaida, ¡ahu! ¡Que se vayan! ¡Que se vaya la escoria! Así gritaban mis compañeros cuando el lío de la embajada del Perú. ¡Qué ganas tengo de estar en Brisas del Mar!, dijo. *Tic tac: ¡Villa Clara, campeón!...* La noche que me acosté con mi marido fue un banquete, contó Camila. Hipo. Me gustó. Mucho. Nunca había visitado a Max en su nuevo departamento. Se portó como un caballero. Nos conocimos en la universidad. Lo que pasa es que el matrimonio cansa: la rutina. Los hijos. La vida cansa. Hoy lo mismo que ayer. El trabajo da trabajo. Y entonces aparece José. Un José. Cualquier José. Y uno se hace ilusiones, sobre todo porque sabe que esa ilusión no tiene futuro. Dame un cigarro. José escribe bien, dijo Camila. Oye: *Nada debiera dañar a un hombre más que él mismo. Lo que un hombre tiene realmente es lo que está dentro suyo. Lo que está afuera no debiera tener importancia...* ¡Ese José es un filtro!, dijo Zenaida y se apuró un trago. Escucha, dijo Camila: *El hombre encontrará la felicidad en la contemplación de la felicidad de los demás...* ¿No será una frase de Wilde? Ten, dijo Zenaida: es mi casete de Radio Reloj. Se lo entregas a Lorenzo. ¿Tienes un cigarro?, dijo Camila. No. Te dije que no tengo. Bueno, no te enfades. Me hastié, Camila. Te lo juro. Me repugna oír cada mañana que los agricultores del municipio Bauta logran más hortalizas que nadie, me hace daño jugar a la lotería para nada. ¿Qué hora es? ¿En serio no tienes un cigarro?, dijo Camila: no sé qué hacer con las manos. ¿Me rasco la cabeza? ¿Me las corto? Míralas. ¿Ves? No le van a mi cuerpo. A veces pienso que pertenecen a otra persona, te lo juro, Zenaida, a una mujer que en nada se parece a mí: ¿serán de monja? Huelen a crucifijo. ¡Ay!, no sé. *Estoy celoso/ de los tripulantes del laboratorio orbital Saliut 5/ porque ellos han estado más cerca de tus sueños que yo*... ¿Quién escribió ese disparate? ¿José?, preguntó Zenaida. No, dijo Camila: fue el adorable Theo Uzcanga, mi novio de juventud. Escúchame, Camila. Te estoy escuchando, Zenaida. Deja las manos tranquilas. Me estás poniendo nerviosa. Óyeme bien. Me harté. Te hartaste, Zenaida: pásame la botella. ¿Qué hora es, Camila? No sé. No sé ni me importa: pásame el aguardiente. Tic Tac. Tic tac. Me revienta oír las noticias del acto donde debí graduarme y no me gradué porque mi novio y yo preferimos saltar el muro de la embajada y, ¿sabes?, si me entregaban el diploma de pedagogía tenía que pagar la licenciatura peso a peso, hasta el último kilo prieto. Total: mi queridísimo novio me dejó plantada. Después que me hice cuatro abortos porque al gran deportista de alto rendimiento no le gustaban los niños, hasta que un ginecólogo burro me perforó el útero y me desgració. Me voy. Me tengo que ir, dijo Zenaida: ya me estoy poniendo triste. Y Camila: lo que pasó pasó. Sí. Creo que lo quiero un poco. Un poco es mucho. Me gusta. Pienso en él todo el tiempo. Dice mamá que estoy gorda. Qué hipo: ¿quieres que te enseñe unas fotos de mis hijas? Y que me puse triste, carajo. Son preciosas. No dejes que me dé gorrión. Siempre llevo las fotos en la bolsa. Zenaida: el problema soy yo, Camila. Tres soles, mis hijas. No es mi país, ni este país ni el gran deportista ni los cretinos del cabaret: soy yo, comadre, yo, esta negra que está aquí y sufre, carajo, porque cuando a uno le va bien uno no se acuerda pero a mí no sé qué me pasa, o sí lo sé, claro que lo sé... Míralas: Marcia se parece a su padre, Mildred a la abuela y Malena dicen que a su tía: ellas me necesitan. Yo las parí. No puedo enamorarme. No debo. Tengo ganas de vomitar. Zenaida: soy yo, Zenaida Fagés Coronado, la Reina. Yo soy la que está sola. Bloqueada. Por eso me emborracho, para no pensar. ¿Cómo las voy a cambiar por José? Se me acaba la vida. Soy así. Convencional. Tengo sueño, me muero de sueño. ¿Dónde está esa botella?, ¿por qué no regresa Larita? Dile a Lorenzo que tenemos que cancelarlo todo. Lo lamento por José y por mí. No me atrevo. Quiero despedirme. Mi último café con leche y pan con mantequilla. Mi madre, la enfermera titulada, la cederista, la comecandela, fue la única persona que estuvo a mi lado. Durante esos días negros, para que veas, mamá no mencionó la palabra política. Tengo mucho sueño, Zenaida. Mamá se trajo su batidora de Matanzas y me hacía refrescos de guanábana y me ayudaba a recoger mis cosas, como si yo me fuera cuarenticinco días a trabajo productivo y no al exilio para toda la vida. Se me cierran los ojos, Zenaida: ¡aprender a traicionar sin traicionarme!..., qué cosas dice mamá. La cubana: nos tiraban huevos a la puerta, nos abucheaban, y María Coronado encendía la batidora para que el ruido del motor aplacara la gritería. ¡Runrunrun! ¡Runrunrun! ¡Runrunrun! Camila se quedó dormida. No te duermas, Camila. Yo te lo digo, el embargo no es sólo de los yanquis. Mamá y yo nos despedimos en el aeropuerto. Hija, hijita, no te olvides de Cuba, me dijo. Había mucha gente. Algunos de mis compañeros. Ahora callados: si tenían que gritar, le gritaban a otra, no a mí, al menos no mirándome a mí. Verdad. Y mamá en medio del tumulto, tan contenida, tan firme, tan amiga. Escríbeme. No llames por teléfono que sale muy caro. Yo me hundía en su vientre. ¡Qué blando! ¡Y sus manitas, que olían siempre a broncocedín! No he vuelto a verla. Nos escribimos. ¡Runrunrun! ¡Runrunrun! Me cuenta de las novelas que están pasando en la televisión, de los vecinos. ¡Runrunrun! Mamá, ¿estás bien? ¡Runrunrun! Sí, hija, no te preocupes. ¡Runrunrun! ¿Necesitas algo? Nada. ¡Runrunrun! Cero política. Cero doctrina. El perro de al lado se murió. Se murió de sarna. Los Martínez nunca terminaron la segunda planta. Te alucino, jabá. El bloqueo es de uno, Camila, aprieta desde adentro. Aprieta. Estrangula. Me duele la barriga. ¡Larita, viejo! Siempre que salgo de viaje me pongo mala y pienso en Matanzas, el río San Juan, el colchón de mi cama. ¡Aquella almohada! Donde quiera que uno va, uno va contigo: no puedo desprenderme de Zenaida Fagés. Quiero pero no puedo. *¿Comprendes, mi amol?* No te despiertes. Duerme, Camila. Duerme. Tres por tres nueve. Fácil. Lo difícil es vivir. No salen las cuentas. Olvidé las tablas de multiplicar. Te lo juro. No me acuerdo. Al diablo. Seré Zenaida Fagés hasta que me muera: la hija de María Coronado, una perra ladrando en el alero, con el útero perforado. Eso. Una perra a sol y sombra, bajo el diluvio. Una sata flemuda, mugrosa, entre los escombros de un piso en construcción. ¡Bang! ¡Bang! Ocho por siete cincuentiséis. Dos por una dos, dos por dos cuatro, siete por siete cuarentinueve, ocho por nueve setentidós. Once al cuadrado son ciento veintiuno. ¿Qué hora es? ¡Runrunrun! ¡Runrunrun! ¡Qué hora es! ¡Callen ese gato!

Pariente maullaba en la escalera. Pavel Sulja debía permanecer engavetado tres días en la morgue, quince grados bajo cero. Lorenzo se detuvo ante el departamento de Sandalio Baeza para decirle que poco pudo hacer por su amigo, pero el catalán no estaba, o se negó a recibirlo —él sabrá por qué—. Dos pisos arriba, encontró abierto el cuarto de Zenaida y supo que aún no terminaban sus pesares. La intriga duró menos que el asombro: Camila dormía en la cama, arropada en una bandera de Cuba. Movía las manos. En el centro de la habitación había una maleta, calificada bajo el código A4, el establecido para guardar la correspondencia recibida desde La Habana. Lorenzo traía en la epidermis el tufo del formol. Bebió los restos del aguardiente. Se escuchaban las noticias del casete. Y éstos eran los titulares. *Tic tac: mil ciento cuatro maestros se gradúan en el Instituto pedagógico de Matanzas. Cuba es para los revolucionarios. Tic tac: los que no quieran vivir en un país socialista, que se muden. Tic tac: que se vaya la escoria, dicen los educadores en su juramento. Tic tac: todos a la Marcha del Pueblo Combatiente. Tic tac: los nuevos maestros cumplirán su deber internacionalista en Nicaragua. Se vuelven a cantar los himnos de antes: Por llanos y montañas, el brigadista va... Que se vayan. Que se vayan, corea el pueblo frente a la embajada de Perú. Tic tac: Gran cosecha de hortalizas en el municipio Bauta. Tic tac: jonrón de Víctor Mesa deja al campo al equipo Industriales. Villa Clara, campeón. Tic tac. Radio Reloj Nacional. Tic tac. Tic tac. Tic tac. La hora exacta.* De un tirón, Lorenzo desconectó el cable de la grabadora. Camila despertó.

—¿Y Zenaida? —dijo Lorenzo.

—Zenaida se fue —tartamudeó Camila.

"Todos los latinos al carnaval", gritaba el conductor de la furgoneta, cubano a juzgar por los aceleres de la dicción, "para poner en claro que, a las puertas del 2000, somos una inmensa, abrumadora minoría". Lorenzo contemplaba la ciudad desde el borde de la azotea. Un ratón. El largo Pavel Sulja tenía una pierna de aluminio, y el forense le había dicho a Lorenzo que se llevara la prótesis, que el escandinavo no la necesitaría más, pero él ¿qué podía hacer con aquella muleta ortopédica, rudimentaria, disfrazarse de cojo en el carnaval, sembrarle un girasol en la cesta que engarzaba al muñón, usarla de mandarria para romper las paredes de su cuarto? "¡Sonría! Todos para uno y uno para todos, o lo que es lo mismo: divide y vencerás", proponía el delirante anunciador. Un avión de pasajeros. Por la calle, abajo, cruzó Camila. Apurada. Lorenzo la veía del tamaño de una pulga. Ella también se fue. También voló. La señora Kropotkin había dejado la ventana abierta. Otro boeing. Otra rata. "Los esperamos. No falten." Los de la furgoneta pasaron una media docena de veces. Coche de cuerda. En la grabación se escuchaba la voz de una mujer, seguramente mamona, cursi, ridícula, estirada, hija de su pinche madre, guácala: *Bésame, bésame mucho, como si fuera esta noche la última vez. Bésame, bésame mucho, que tengo miedo tenerte y perderte después*... ¡Cállate, calaca! Lorenzo caminaba por el filo del edificio, contando foco a foco las luces que se iban apagando en el barrio. La única vez que hizo equilibrios de acrobacia acabó reventado en las mallas de un circo. Aquí no tenía redes. Mejor. Midió los pasos. Necesitaba doscientos quince trancos para vencer el perímetro del techo, unos ciento setenta más que José en su jaula. Caminó, caminó, caminó. Y a pesar de todo, horas después, amanecía en Santa Fe.

“La mejor manera de estar a favor de la vida es estando en contra”, se repitió Lorenzo al cerrar la puerta. Aunque la conspiración se había desmoronado en menos de lo que una banda de pirañas tarda en pelar una ristra de morcillas, y las posibilidades de que José y Camila se encontraran eran mínimas, Lorenzo quiso cumplir su parte de manera simbólica, por lo cual vació dos sprays de Aire de los Pirineos, único recurso para disolver los olores de Pariente, y sacó tanto filo a la navaja que, ante el espejo, se preguntó si en vez de cortarse el bigote debería abrirse la panza y averiguar qué tripa rota le hacía sonar los intestinos como un corneta que llama a retirada en medio de un combate perdido. Carnaval quiere decir despedida de la carne. No hay nada más desesperante que una ilusión hecha trizas. Los seres humanos se enfrentan a esas crisis a partir de los tres movimientos capitales de la vida: se detienen, inertes ante el fracaso, retroceden cautelosos y sumisos hasta un escaño seguro, o avanzan con quijotesco empuje sin importarles el descalabro. De caída. Esa mañana, José había firmado los diplomas de los ganadores en un concurso escolar sobre el tema “El hombre y el próximo milenio”, y escribió tres cartas: la primera a una líder feminista que había perdido a su hijo en un choque de trenes, la segunda al talentoso Boby Camagüey, para agradecerle el envío de su nuevo disco de chachachá (el saraguato bonvivant aparecía en la portada, junto al propio sonero, que tocaba el organillo) y la tercera a aquel politizado compatriota que le seguía enviando recortes de prensa, en franco interés proselitista. Cuando el cubano supo que Camila partiría a Europa, a Alemania, a Berlín, a casa del diablo, a un lugar donde él jamás podría besarla, levantó en peso el librero vacío y lo reventó contra los barrotes. "No pasa nada: es que tropecé", dijo Lorenzo al custodio, que se había asomado en la garita. José decidió que iba a luchar. No sería la primera vez. Tal vez la última. El campechano quiso convencerlo de que la ira podía ser peor aliada que la ceguera, pero sus argumentaciones se revertían al momento de expresarlas porque en el fondo de su corazón estaba orgulloso de la ferocidad de aquel insolente que prometía desafiar a huevos su destino. Por otra parte se sentía un gramo responsable: fue el cartero particular de esa locura. Camila le había contado en la azotea el episodio que acabó por desarmar los planes de amoríos, todo por un papel con frases copiadas a Oscar Wilde, y esa catástrofe también significaba una horca para la amistad. Los tambores de una batucada brasileña invadían el zoo. Samba en una sola nota. Lorenzo titiritaba. Se sentía un niño. Lo era. Un engrudo de Colgate le taponeaba una herida labial.

—Te traje un overol a tu medida, idéntico al mío —dijo Lorenzo—. Ojalá te quede.

—¿Y el bigote?

—Me lo afeité.

—Y te tasajeaste el labio. Esas cortadas arden cantidad. Te ves mucho más joven.

—De eso se trata. Yo puedo ser tu padre.

José se abatonó el uniforme y se encasquetó la gorra. La gorra le quedaba grande.

—¿Cuánto demora hacer el amor? —dijo.

—Toda la vida.

—Alabao.

—Camila no sabe todavía que te has vuelto loco. Te toca convencerla. Híjole: no quiere saber de ti ni en pintura. Si se ven, será en mi cuarto. Es lo mejor. Hice un mapa. Ayuda. Desde bien tempranito, la ciudad está chiflada. De camino para acá, en un cafetín, saludé a Elvis Presley, que le servía unos tequilitas a la Reina de Inglaterra —Lorenzo le entregó las llaves. Se sentó en el filo del catre—. Hay dos escaleras: la principal y la de emergencia. Aquí, donde pinté una cruz roja, está el zoo. La azul es la casa de Camila. La verde, mi cuarto. Llegas caminando, si no te pierdes en las comparsas. La ruta más corta es atravesando Coral Park.

—¡Solavaya! Prefiero la larga.

—Mide tu tiempo. Dispones hasta las cinco de la mañana. ¿Dónde se apaga esta lámpara? Me siento Marcelino pan y vino.

—¿Y si me pierdo?

—Te mato. No pensarás dejarme encerrado.

—Palabra de cubano: de que vengo, vengo.

—Conste. Huélela bien, que a lo peor no se repite. Dile cosas cachondas, de Oscar Wilde si quieres. Nada político. Puros besos. Y no te hagas el macho. Si se te quiere subir encima, déjala. Ella sabe más que tú. Ah, me olvidaba: el padre Jordán dice que pequen a gusto. Luego verá cómo los absuelve. Estará en el campanario, vestido de ayatolá. Encenderé y apagaré la lámpara para que los centinelas no se preocupen. ¿Qué estación tú escuchas?

—Radio Progreso. Por onda corta.

—¿Radio Progreso? ¡Qué trabajo cuesta ser José!

—Yo me levanto a orinar dos veces en la noche.

—Dos veces. Bien. Vete. Ándale. Ahora todo depende de ustedes. A mí sólo me toca hacer el papel de hombre —dijo Lorenzo. Se traqueó los dedos—. Suerte. ¿Tienes dinero? —Sin saberlo, había repetido las palabras que dijera el viejo Menelao aquel domingo 13 de febrero de 1983, víspera de San Valentín.

—Todavía conservo por ahí el billete que me dio el padre de Esperanza, la niña mongólica —dijo José y le tendió la mano. Sudaba—. Gracias, compañero.

El corazón en la boca. La palabra compañero, dicha sílaba a sílaba, después de dos décadas de exilio, le dio un golpe bajo. Compañero, el que comparte el pan, compañero. José se sintió cubano. Al cruzar la raya que hasta esa noche había marcado el rectángulo de su independencia encarcelada, dudó un instante. Pensó en su padre, acosado por sus culpas. Un soplo de aire le dio una bofetada al salir de la jaula. Rengueaba porque se le había dormido el pie derecho. Caminó hasta el portón del zoo. "Buenas noches", dijo. Nadie respondió: los rancheadores del rondín cosaco jugaban a las cartas. En la primera bocacalle, echó a correr y dio de narices con la batucada brasileña. Samba.

Samba en una sola nota.

Bailarines. Caderas. Tambores. Una carioca de cintura traviesa lo sacó a bailar. Ocho compases y adiós. Aunque Santa Fe había cambiado mucho en dieciséis años, el prófugo supo guiarse entre los alucines del carnaval. De tramo en tramo se detenía a consultar el mapa de Lorenzo. Estaba deslumbrado. El siglo había invadido la ciudad. Música. Cañonazos de salva. Redoblantes. Arlequines. José tuvo la tentación de saludar a Oscar Wilde, que lamía un helado de fresa mientras conversaba de béisbol con Vladimir Ilich Lenin, pero desistió de la idea porque el celoso de lord Alfred Douglas no se despegaba una cuarta del poeta. De cualquier forma le dio gusto verlo tan animoso. Al pie de un tinglado caraqueño, bailaban John Lennon y una de las señoritas de Avignon, Einstein y Matahari, Frank Sinatra y la Princesa de Gales. Arriba Cuba: *Han brotado otra vez los rosales, en el muro del viejo jardín...* Todo mezclado: King Kong, Frida Kahlo, Superman, Federico García Lorca, el Ratón Mickyto, Yuri Gagarin, el generalísimo Franco, Bob Dylan, el papa Juan XXIII, el Agente 007, Stalin, Louis

Armstrong, el león de la Metro Goldwyn Mayer ¡y Bola de Nieve!: *Tú, que llenas todo de alegría y juventud, que ves fantasmas en la noche de trasluz, ¡vete de mí!...* República Dominicana: *Ojalá que llueva café en el campo, ojalá que llueva café...* Viva México: *Esta tarde vi llover, vi gente correr, y no estabas tú...* "Al niño Lauro Méndez, que sus padres lo esperan en el módulo de información", se oía por los altavoces. Mohamed Alí y Carlos Gardel cruzaban guantes y el tanguero iba llevando la mejor parte en el tercer round. Las vitrinas estaban decoradas con retratos de José: De hombre a hombre: brandy Senador, Imite al hombre: use camisetas Camarada. Cohetes. Pitos. Globos. Ho Chi Minh aullaba un flamenco, acompañado por la guitarra española del virtuoso Edson Arantes do Nascimento, alias Pelé: *Y tu mirá, se me clava en los ojos como una espá...* Pilotos acrobáticos, a bordo de avionetas de fumigación, hacían dibujos refulgentes: Coca-Cola, McDonald's y la firma del Che Guevara. Boleros: *Quiéreme mucho, dulce amor mío...* El ciudadano Kane y el Padrino de Marlon Brando ondeaban la soga que saltaban Greta Garbo y Jaqueline Onassis. Cuatro falsos Rolling Stones tocaban un tema de Oswaldo Farrés: *Toda la vida estaría contigo, no me importa en qué forma, dónde ni cómo pero junto a ti...* Un conjunto de soneros cubanos había puesto a bailar a un ejército de monjas descalzas. A gozar: *Mira la batea, cómo se menea, cómo se menea, el agua en la batea...* Por las principales avenidas desfilaban carrozas monumentales, inspiradas en temas emblemáticos: La reunificación de las dos Alemanias, Los Beatles en un sótano de Liverpool, El hombre en la luna, El hundimiento del Titanic, El mundo de Barbie y La toma del Palacio de Invierno. J. F. Kennedy besaba a Madame Curie en plena vía. *Hay que tener personalidad, oh, personalidad, sí, personalidad, no, personalidad...* Los voladores de Papantla hacían piruetas en una cancha de básquet. José se divertía. Le costaba creer que la libertad fuese tan entretenida. Tenía el siglo ante sí. Entero. Podía palparlo. Diez décadas en una noche. Rescataba el tiempo perdido, los símbolos perdidos. Quince carnavales de soledad. Una Marilyn Monroe sesentona, acompañada por sus tres nietas, se acercó y le pintó un beso en la mejilla: "¡Te conozco! Estás disfrazado de José, ¿verdad?", dijo y sonrió: "No te hagas ilusiones, jovencito: el González del zoo es más atractivo." La esquina de Jamaica y la glorieta de los vallenatos colombianos se habían trastocado en auténticos hormigueros. Cervezas. Houdini vendía refrescos; Henry Ford, bolsas de hielo. José decidió recuperar los minutos que había bien gastado disfrutando el carnaval y, contra lo que había expresado a Lorenzo, enrumbó hacia Coral Park. Lo pasaría de largo, eso se dijo. La verdad era otra. Trotó, sí, por uno de los pasajes centrales del retiro, tras el parapeto de un conjunto de mariachis, pero en el primer cruce tomó la senda de la derecha, envalentonado por el recuerdo de la pequeña Lulú, que iba cobrando cuerpo entre los sauces llorones. *Con dinero o sin dinero, hago siempre lo que quiero y mi palabra es la ley...* En la rotonda de la fuente, José no se resistió al desafío de volver al punto donde había comenzado su vía crucis. Se debía ese reencuentro. Un joven, tal vez disfrazado de Nelson Mandela, ocupaba la banca que él y Dorothy Frei empollaron la noche del 13 de febrero de 1983, y algo en los ojos del muchacho le recordó la mirada de Gastón Placeres, sólo que no podía ser el venerable Gastón Placeres ni por edad ni por lógica. En eso pensaba cuando tuvo la impresión de que el muchacho le lanzaba un saludo discreto, un simple levantón de dedos, muy parecido al "adiós" que solía hacerle el yoruba durante las caminatas por los patios de la prisión. *Co-corí, co-corí, co-corí...*, cantó una torcaza. José la buscó en los sauces llorones. *Co-corí, co-corí, co-corí...* Olió la luna. *Co-corí, co-corí, co-corí...* Al mirar de nuevo hacia la banca, una lechuza levantaba vuelo ruidosamente, cielo arriba, y un par de plumas blancas caían sobre los viejos rosales de Coral Park. *Zun zun zun, zun zundambaé, zun zun zun, zun zundambaé, pájaro lindo de la madrugada...* "¡Coño, las cosas que uno imagina!", pensó José y apuró el paso. Y dice Panamá: *El viejo barrio lo vio pasar, con el tumbado que hacen los guapos al caminar...* Cerca de casa de Camila, el pintor Salvador Dalí y Florencia Nightingale zapateaban un pasodoble. Ella Fitzgerald iba palmeando el ritmo. *Las manos siempre en los bolsillos de su gabán para que no sepan en cuál de ellas trae el puñal...* Cuco había resultado un buen instructor en el arte de subir paredes, así que la cerca que amurallaba el jardín de los Mogan no fue un farallón difícil de escalar para el cubano. De la ardilla Phefé aprendió a trepar por los árboles, y del babuino a columpiarse de rama en rama: de ventana en ventana, sujeto a los tubos de desagüe, José alcanzó el cuarto matrimonial de los Mogan, en la segunda planta. Entró por el balcón. Camila lo recibió a cachetadas. Quién no la entiende. *¡Ay!, Dios: la vida te da sorpresas, sorpresas te da la vida...* En unas pocas horas, ella habría ordenado su futuro: permanecería en Alemania el tiempo que fuese necesario para olvidar aquella posibilidad de ser feliz junto a un pobre diablo que estaba condenado a vivir en la jungla de un zoo. Con qué derecho, por qué primitivo sentimiento de posesión o de arrogancia, José invadía ahora su mundo, un mundo estrecho, casi vacío, sin duda ridículo, pero al menos civilizado, establecido sobre una tabla de mandamientos que no costaba trabajo cumplir. Discutieron. José se sentía un gorgojo: su imagen, multiplicada en las lunas de dos espejos, prolongaba una sensación de estorbo que lo iba reduciendo de círculo en círculo hasta desaparecer en un punto irreversible. Ni siquiera las citas de Oscar Wilde lograban sostenerse ante la mirada de Camila. Suerte que Max Mogan había ido a dejar a las niñas donde la abuela porque su presencia en la casa hubiera sido un obstáculo insalvable. No hubo verdad de uno que no rechazara el otro ni mentira que no creyeran ambos, por clara desesperación. Al encontrarse, se habían perdido. Entonces sonaron doce campanadas, la noche se hizo día con las bombardas pirotécnicas, un fuerte olor a pólvora saturó la ciudad y el cubano dijo que aún les quedaban cinco horas de carnaval. A la bióloga se le descolgó la quijada. Bajaron a la sala. Camila dejó encendida la luz de la escalera. La calle. James Dean llevaba en bicicleta a Simone de Beauvoir. *Gracias a la vida, que me ha dado tanto, me ha dado la risa y también el llanto...* "Atención por favor: a los padres del niño Lauro Méndez, que su hijo los espera en el módulo de información." Charles Chaplin había sacado a pasear a la perra Laika. Retrasado, León Trotsky tiraba de Rintintín. La luna.

Vieja luna que en la noche va... Por primera vez, desde sus andanzas por los atajos de Atarés, José corría como un niño por los puentes peatonales y provocaba desórdenes de tránsito al cruzar las cebras del asfalto sin respetar semáforos. *El unicornio azul ayer se me perdió, pastando lo dejé y desapareció...* Ante los comensales de un café del bulevar, imitó las mañas de Cuco, su maestro de monerías. Incluso las bailarinas de la carroza El Molino Rojo lo vitorearon cuando escaló un poste del alumbrado para destrabar un papalote en los alambres del tendido eléctrico. *Un, dos, tres, qué paso más chévere, qué paso más chévere, el de mi conga, ¡eh!...* Al verlo comportarse de ese modo Camila pensó que José tenía derecho a creer que la eternidad duraba cinco horas. ¿Desmentirlo? Después de tanta orfandad, se merecía algunos espejismos. *Me abraza tenue el silencio por las calles de La Habana, pálida es la luz que emana desde el indeciso horizonte: te busco y no encuentro dónde...* Subieron a un taxi. El chofer era sir Winston Churchill. El viaje duró un beso. Besándose pasaron frente a la parroquia del padre Jordán, la carroza El incendio del Reichstag y el rascacielos de la señora Filip, y aún seguían besándose al cruzar ante la puerta principal del zoo, camino obligado para ir al cuarto de Lorenzo. *Mozo, sírveme la copa rota, quiero borrar gota a gota el veneno de su amor...* Ese segundo beso, largo e inoportuno, explica que no vieran a Morante y a Regla.

Qué cultura va a tener si nació en los cardonales... Morante traía una botella de vino tinto en cada mano. Había convencido a Regla de que esa noche se pintaba sola para "abolir deudas pendientes". Además quería festejar la noticia de que su hijo sería becado por el Instituto Emerson, y reservó una mesa en el Dos Gatos Tuertos, un bar cercano al zoo. Los atendió Indira Gandhi. *Procuro olvidarte siguiendo la ruta de un pájaro herido...*, cantaba el nicaragüense Hernaldo Zúñiga en una banqueta de la barra. Después de un litro de vino, Morante propuso hacerle una visita a Pepe Kid. Le estaba agradecido. El aval de José había resultado una auténtica patada de mulo en el trasero de los rigurosos académicos. Regla fue al baño. Vomitó. Sus temores se estrellaron contra el entusiasmo de su amante. "La ciudad en carnaval y mi amigo José en esa jaula: no es justo. Tu hermano debe saber que yo le tengo aprecio", dijo borracho. Dejaron el auto en el estacionamiento y se encaminaron al parque. Regla sudaba frío. Si la relación con Morante había logrado progresar, y ya planeaban boda, era porque ambos evitaron entrar en confesiones escabrosas. El lastre del pasado recargaba el estómago, que es donde se fermenta el terror. Los recuerdos ascendían como eructos por el esófago. Se sentía jugando Homopolio. Regla confiaba en su temple pero no en su corazón. "Apúrate, mujer: ahí viene la carroza de La crisis de los misiles", dijo Morante. Ella reculaba. Las piernas se resistían a seguir avanzando. Entraron en el zoo. La tierra tamborileaba al trote del rinoceronte. La hiena se reía en la jaula. El carnaval quedó afuera. Grillos. La voz del camarada Nikita S. Kruschev: *Qué cultura, qué cultura va a tener si nació en los cardonales...*

—Espero aquí. Pregúntale a mi hermano si quiere verme.

—¡Ah!, estas mujeres... Voy y vengo.

El bramido del elefante movió los sonajeros de la tienda. Regla volvió a vomitar. En seco. Todo resultaba ridículo. Terriblemente ridículo. Los llaveritos. El álbum de familia. Los ojos de José en los carteles. El carnaval. Nunca había estado en el zoo a medianoche. Ranas. Los vidrios destilaban humedad. Su vida, más gris que la piel de un ratón, cabía en un estante de baratijas. Sintió frío en los huesos y calor en la piel. Llamó por teléfono a Menelao.

—¿Cómo están los niños?

—Hija, ¿qué pasa en la calle?

—Es carnaval, papá.

—¡Carnaval! No jodas. Se escuchan disparos. Vuelven los muchachos. Asaltan el Moncada...

—Ya pasó, ya pasó todo...

—Oye: ¡taca-taca-taca-taca! Tremendo tiroteo.

—Mira, viejo, duérmete, anda. No te preocupes, son los cohetes de la fiesta, que estallan en el cielo.

—¡En el cielo!

—Asómate a la ventana —dijo Regla.

—Me asomo —dijo Menelao—. Sí, ya, Reglita, veo los fuegos artificiales... Si tú lo dices.

—La gente se divierte.

—Esta vez no me va a suceder lo mismo, ¿verdad?

—Claro que no, papá. Voy pronto.

—Hija, diviértete. Trabajas mucho. Isidro duerme. Ivo termina su tarea.

—¿Comieron?

—Apenas te oigo.

—¡Que si comieron!

—Sí, les preparé un batido de mango.

—Te quedan deliciosos los batidos de mango.

—¿Sí?

—Papá, ¿me quieres?

—¿Y eso a qué viene?

—¿Me quieres?

—No fastidies. Eres igual que tu madre.

—¿Cómo?

—No sé.

—Chao, papá.

—¡Caramba: nadie me cuenta nada! ¡Taca-taca!

¡Taca-taca: clic! El rinoceronte. El cuco del reloj, una cotorra tallada en madera, chilló la hora a intervalos: *Viva Cuba, Viva Cuba, Viva Cuba*... Regla escribió una nota a Morante y la trabó en el cristal de la vitrina exterior: "Te espero en el bar." El pajarraco seguía gritando su trino electrónico cuando ella atravesaba la puerta del parque. Pegados al talón, como cola de latas amarradas a un cordel, tintineaban, dando tumbos, sus rencores: *Viva Cuba, Viva Cuba*... Tin Tan y Ernest Hemingway montaban patines por la acera. *La conga de Jalisco*...

Ahí viene caminando... Lorenzo escuchó a Morante desde la recámara. Encendió y apagó la lámpara. Se cubrió con la sábana. Tal vez fuese una simple coincidencia. No había pegado un ojo, pendiente a cualquier señal de peligro. Los circos. Qué épocas. Le Soleil d'Amberes. Las coristas. Los viajes en carromato por aseríos calamitosos. El olor a estiércol de caballo de las carpas le raspó la nariz. Estornudó.

—¡Salud! —gritó Morante—. Despierta, Pepe Kid... Hoy es un gran día: le dieron la beca a mi hijo Langston. Tendremos ingeniero en casa. Tu cuñado te trae vino para celebrar en familia. Además, una sorpresa. Regla está conmigo. Quiere verte. Sal de la cueva. Es noche de carnaval —La ardilla Phefé dormía en el butacón. Morante golpeó los barrotes con una de las botellas. La botella se rompió. Un cristal le cortó la mano. Sangraba vino. Vino tinto—. ¡Qué pasa, José!

El vozarrón acoquinó a la ardilla. Lorenzo la vio atravesar la reja del fondo: la cola entre las patas. La llave del lavamanos seguía goteando. Se había vuelto a romper la zapatilla. Los monos, "sus monos", chillaban a coro. El loris introducía la cabeza entre los barrotes, queriendo escapar de la jaula. Los tres incansables monos de Madagascar corrían el grito de peligro. "¡Calla esos animales, José: no me dejan oírte!" Las cagarrutas del babuino se estampaban contra el cristal blindado. En el radio, un locutor decía que el carnaval de 1999 había sobrepasado las expectativas de los organizadores: "una fecha imborrable para los que hemos tenido..." El campechano apagó el radio, se sentó en el catre y estiró el elástico de los calcetines. Nunca había visto cojear a Pavel Sulja. El forense raspó residuos de sangre en la prótesis. Debió molestarle. Acabó pensando en Dios. Al entrar Morante en la jaula, todavía estaba rezando de la única forma que sabía: hablándole al sindicalista Margarito Lara. Dejó de mascullar oraciones al tercer culatazo. Cayó al suelo, inconsciente. No sintió las patadas. Tampoco que le zafaban el brazo izquierdo en el arrastre hasta el edificio central del parque. Despertó en la oficina del doctor Juscelino Magalhaës, conejo en medio de una jauría de perros.

Konrad Lorenz describe una pelea de lobos en un capítulo de su ensayo *Los anillos del rey Salomón*. Un enorme y viejo lobo, de color gris claro, se enfrentaba con otro de corpulencia inferior, en un desfiladero. Ambos daban vueltas con agilidad admirable. "Los temibles puñales de la dentadura se movían como rayos en una rápida sucesión de mordiscos. Y sin embargo, nada grave sucedió." Tan sólo los labios de los combatientes parecían haber sufrido un par de cortes. El lobo joven iba siendo empujado poco a poco, y el zoólogo tuvo la impresión de que su contrario trataba de acorralarlo contra el acantilado. De pronto, cesó la agitación de los cuerpos. Los dos animales permanecieron quietos, tocando hombro con hombro. Hilos de baba. Roncaban irritados: el viejo, en tonos graves; el joven, en registro agudo. Se olfateaban. Medían fuerzas. El hocico de uno tocaba la oreja del otro. El más remiso mantenía su cabeza apartada, brindando a su enemigo la curvatura del cuello, su parte más vulnerable. Estaba rendido. Ofrecía las venas en señal de sometimiento. Lorenz temió que en un descuido el viejo lobo daría una dentellada para desgarrarle la carótida. "Pero el perro o el lobo nunca muerden en esta situación, y no porque no lo deseen, sino porque no pueden. Un animal que ofrece el cuello en la forma descrita, jamás será mordido gravemente." El triunfador gruñe y chasquea los colmillos, hace en el aire los movimientos que acompañarían la agonía del contrario. Y se contiene. Siempre se contiene. Siempre. El vencedor se encuentra en una posición incómoda ante el vencido. Se cansa pronto. Pareciese que espera a que la víctima abandone su actitud sumisa para castigarla. El adulto marca su territorio. Levanta la pata sobre una piedra. El lobo joven aprovecha la ceremonia y escapa cauteloso. No sin razón, el padre de la etología moderna encuentra sorprendente que el lobo se vea impelido a no morder, pero aún le asombra más la confianza que demuestra el otro, al ofrecerle la vida. ¿Es que no conocemos nada parecido en el comportamiento humano?, se pregunta. El guerrero homérico, al rendirse, arrojaba el escudo, caía de rodillas e inclinaba la cerviz, acciones que facilitarían la estocada pero que, en realidad, dificultaban la ejecución. Y concluye Lorenz: "Acaso el corazón del hombre es más difícil de conmover que el corazón de un lobo. A quien te hiriere en una mejilla preséntale la otra, dice una máxima evangélica. Un lobo me ha enseñado: debes ofrecer la otra mejilla a tu enemigo no para que te vuelva a herir, sino para hacerle imposible que continúe dañándote."

Lorenzo descubrió entre las sombras de la oficina al lobo de Morante recostado en el filo del escritorio, cargando un rifle de mira telescópica. Derrumbado en una silla, Juscelino Magalhaës parecía un escarabajo en un frasco de vidrio. El jefe del rondín cosaco daba una explicación razonable al sargento Salomón Carey, que había asumido el control de las operaciones, por instrucciones del gobernador Ian Hill: el prófugo no tenía dónde esconderse en una ciudad que no ha visto en dieciséis años y, en su opinión, se mezclaría en los remansos del carnaval hasta llegar a Caracol Beach, donde tal vez intentase evadirse, vía marítima, rumbo a Cuba. La orden del político era clara, dijo el sargento Salomón Carey: buscar, encontrar, perseguir y capturar, vivo o muerto, al animal más peligroso del zoo. La noticia de la fuga no debía traspasar la frontera del estado: sería la ruina. Todo lo que el hombre ha inventado para hacerse daño a sí mismo fue puesto en pie de guerra. Se tomaron por asalto los dos aeropuertos civiles de Santa Fe, se ocuparon los hospitales de emergencias y se bloquearon los accesos a los consulados locales. Había un hombre suelto en la calle. Un hombre en libertad. "Puedo ayudarlo, sargento", dijo Morante: "Pepe Kid y yo somos uña y carne. Lo huelo, lo presiento. No lleva mucha delantera. Busquen a Camila Novac: ella debe saber más de cuatro cosas." Lorenzo abrió los ojos: la carpa de un circo: Le Soleil d'Amberes. Dio dos pasos por la cuerda floja. El abismo. Cayó. Caía. Un ratón pataleando en un charco de sangre negra. El susto lo delató.

—Bienvenido al carnaval —dijo Morante y le cerró el párpado derecho con el cañón de la pistola.

—Trabajas en el zoo desde hace veinte años, Lorenzo —dijo el doctor Magalhaës. Su voz de alacrán se oía más delgada que nunca—. Confía en nosotros. Confía en mí.

—José salió, doctor... Un par de horas. Créanme.

—Qué poco conoces a Pepe Kid —dijo Morante.

—Claro que lo conozco, y bien: es mi amigo —Lorenzo ofrecía las venas, en señal de sometimiento. Morante chasqueaba los colmillos. Levantó la pierna sobre una silla. El doctor Magalhaës volteó el rostro. Lorenzo ladeó la cabeza—. Va a regresar. Antes de las cinco de la mañana, José está en su jaula.

—Colabora, Lorenzo. Es lo mejor para todos —dijo Juscelino. Algo iba a añadir pero se lo tragó.

—No puedo decirles más.

—Veremos —dijo Morante.

"Pelea, hijo", oyó decir Lorenzo a su padre en una barca que navegaba por los mares del recuerdo. El campechano recorrió los seis pies de su verdugo, desde los botines hasta el ojo derecho: tenía los cordones mal anudados y la pupila amarillenta. Respiró profundo, aguantó el aire y descargó este desafío insensato: "Me chupas los huevos, pendejo". Morante le dio un culatazo en la boca. Lobos. Desfiladero. Un hombre suelto en la calle. Un hombre en libertad. Lorenzo escupió dos dientes. Se mordió el labio superior. Sabía a Colgate. ¡Ah!, su bigote. ¡Si tuviera a mano esa navaja! A lo lejos creyó escuchar las pisadas del rinoceronte, trotando en la noche. Neblina. Miró por la ventana. La firma celeste de Coca-Cola comenzaba a desdibujarse en la cubeta de la Osa Mayor.

Dorremifasolasí. Si. Silasolfamirredó. No. La señora Kropotkin estaba oronda. A los ochenticuatro años acababa de tocar sin equivocarse uno de los preludios que compuso Johann Sebastian Bach para su esposa Anna Magdalena, y después de esa hazaña hubiera deseado llamar a todas las puertas del edificio y besar a sus vecinos y bailar y bailar y bailar por la calle hasta caer desplomada como el muro de Berlín. Lograr el sueño más caro de sus carísimos sueños, e interpretarlo nota a nota cuando la vida proponía un pronto desenlace, valía la pena y la locura. Podía irse tranquila. Desempolvó los relojes de la sala y dio cuerda a sus cajas de música. Esa mañana de carnaval se soltó el pelo, en vez de recogerlo bajo la redecilla de costumbre, y se cubrió los hombros bajo el chal tan delgado que parecía tejido por una tarántula. El cabello nevaba sobre los hombros, ventisca de paja. Encendió un cirio. La cera al derretirse olía a abedules. Dijo en ruso frases de Nabokov: *Pienso en bisontes y ángeles, en el secreto de los pigmentos perdurables, en los sonetos proféticos, en el refugio del arte.* ¡Cómo besaba el daguerrotipo de su boda mientras giraba, gallinaza, en el centro de la sala desabrigada! Poco le importó el ridículo porque la soledad es impúdica. Pasadas las doce y media de la noche, justo en el momento en que José y Camila llegaban besándose al cuarto de Lorenzo, la señora Kropotkin levantó la tapa del piano y volvió a la carga otro rato. Escalas. Tenía que practicar las escalas antes de repetir el preludio de Bach. Dorremifasolasí. Bien. Silasolfamirredó.

Lorenzo había preparado el escenario con natural cursilería. Aires de los Pirineos. Alcatraces en los floreros de metal. La mesa para dos. Bandejas de frutas. El radio. Una botella de champaña. Toallas limpias. El último disco de Boby Camagüey. Y artesanías de su amada Ciudad del Carmen. Sobre la cama, una manzana: "Atentamente, la culebra." La larga noche de Adán y Eva volvía a repetirse: los sustos de ahora eran los de entonces. Pariente dormía en la ventana. Y en la ventana: Santa Fe. José perdió cuatro valiosos minutos limpiando las copas de cristal y otros dos en los alambres de la champaña, y si a Camila no le da un ataque de risa cuando el corcho se disparó contra el techo y rebotó en el piso y volvió a pegar en la pared y en la mesa y en el lomo de Pariente y en una bandeja de Campeche, donde quedó encestado, aquel cubano aún estaría buscando una excusa para postergar el momento de saber que el amor no es un pecado ni un milagro sino un hecho tan simple que explica, entre otros prodigios, los oscuros esplendores, los tristes tigres, los llanos en llamas, las miradas perdidas, las ciudades y los perros, las travesías secretas, los reyes en los jardines, las iniciales en la tierra, las rayuelas, los paradisos, los sertones, las regiones más transparentes del aire, los amores en tiempos del cólera, las flores ocultas de la poesía y la historia universal de la infamia en el reino maravilloso de este mundo —¡Taita, diga usted cómo! De nuevo tenía diecisiete años. A esa edad interrumpió el aprendizaje de la vida para dedicarse a los padecimientos del horror. "Cuando aterrices en la realidad, te vas a dar tremendo trancazo", volvió a decir su hermana. José se miró a los pies y sonrió: tenía una media negra y otra carmelita. La voz de Boby Camagüey: *Los marcianos llegaron ya...* "¿De qué te ríes?", preguntó

Camila. "De mis calcetines", dijo. José había imaginado esa noche en incontables ocasiones y en ninguna se vio en una posición tan desventajosa. No lograba alejar el fantasma sin rostro de la pequeña Lulú. "Hueles a dulce de papaya", dijo Camila, repitiendo palabras de Zenaida. "Ese huevo quiere sal", respondió José, que es, en Cuba, la frase más bonita de los adolescentes enamorados. Dos borrachos pasaron cantando *¡Ay, ay, ay, ay!, canta y no llores...* Por fin se desvistieron.

Y se abrazaron. Camila era una Ayala. Amar sin lástima resultaba una experiencia olvidada. No fue tierna ni cariñosa ni sentimental ni compasiva sino sencilla y graciosamente traviesa porque la ternura resulta un buen caldo de cultivo para las confesiones, y las confesiones roban mucho tiempo, mientras que los retozos producen un cosquilleo embelesador, aligeran las cargas, desatan los músculos, y después de diez años de una relación demasiado equilibrada, quería alucinar cortejar tentar flirtear calentar frotar tallar monear arrullar mamar chupar mordisquear tocar toquetear albergar tragar gozar: si se había equivocado, lo que le quedaba era equivocarse en todos los infinitivos conjugables. Y se besaron. Ella estaba segura que la magia del deseo, el encanto de lo prohibido y el privilegio de la felicidad no se repetirían, que por nada ni por nadie, ni siquiera por ella o José, volvería a arriesgarse en una aventura tan comprometida; por tanto, no quedaba otro consuelo que guardar esas cuatro o cinco horas de carnaval para tenerlas después en su jaula alemana. Sería una ladrona. Iba a robar los olores, los sabores, los segundos, el corcho de la champaña y hasta esas notas de piano que alguien mal tocaba desde un edificio cercano. "Ojalá que no me encuentre gorda", pensó la bióloga y contuvo el aire en la barriga unos treinta segundos de flaqueza. Dorremifasolasí. Las manos, una vez más, la traicionaron. Ahora que podían (debían) moverse libremente, se fundieron a las articulaciones de los brazos, como un maniquí de plástico. Hubieran podido zafar el broche del ajustador o ayudarle a dejar caer la pantaleta con picardía, incluso acariciarle a José el cuello y los muslos lampiños y el pecho y el canelón de los omóplatos y la tímida espalda, para que así el cubano fuera perdiéndole el miedo a lo desconocido; también debieron manosear su propio cuerpo, la entrepierna, los pezones, pero no: las manos le llevaban la contraria. Intentó echarlas hacia delante y sólo consiguió un ligero movimiento de dedos, bastante ridículo. El fresco de la madrugada trajo un coro de sirenas. A las dos y quince minutos de la madrugada José y Camila se conocieron: amáronse ardientes y desmañados —como les dio la gana—. Sin tanto lío. *Ese lunar que tienes, cielito lindo, junto a la boca, no se lo des a nadie, cielito lindo...*

Que a mí me toca... "Si Lorenzo ocupa el lugar de José, ¿José no ocupará el lugar de Lorenzo?", oyó decir a Morante. "No hagan locuras": era la voz del doctor Magalhaës. "Vengan conmigo", dijo el sargento. Lorenzo seguía el diálogo desde la oficina. Lo habían dejado solo. No dejaba de pensar en sus amigos. ¿Cómo ayudarlos? Cómo. ¡Qué pregunta tan difícil! El brazo izquierdo colgaba del hombro. La boca hueca. Una ventana. Una ventana abierta: no había que tener entrenamiento de atleta para saltar dos metros. El cielo debía ser Ciudad del Carmen. Sabía que estaba viviendo la última noche de su vida o muriendo la primera noche de su muerte. Y lo sabía porque los recuerdos chispeaban. Pudo acordarse del día que tomó a su padre la foto entre los pelícanos. Margarito, mordido por el cangrejo del cáncer, había eternizado una pose que representaba su lucha contra las desesperanzas de este mundo, y a partir de esa postura Lorenzo lo evocaba en otras circunstancias menos comprometidas: en el zoológico, por ejemplo, la tarde que asistió a una hembra orangután en el parto de Cuco. La memoria proyectaba escenas diversas sin responder a un orden cronológico; confundía personas y locaciones, de modo que no amó a Zenaida en la cama de la mulata sino en aquel garaje de Mérida donde el sindicalista lo llevó una vez para que se hiciera hombre entre las gambas de Carmenza, la yucateca disoluta. Falso que todo se olvide. Apenas se confunde: si uno quiere, si uno insiste, la memoria siempre se completa de alguna piadosa manera. Piedad: eso ofrecía la vida al terminar la cuerda del reloj, o la muerte al invitarlo a cruzar la línea de meta, aquella reventada noche de carnavales, justo cuando debía comprobar la máxima de que el hombre es el único animal dispuesto a sufrir por un semejante. ¿Y si la frase no fuera cierta? ¿Si sacrificarse resultaba un sinsentido? Él también tenía mucho qué hacer. Luchar contra las hormigas que habían invadido la llanura de los antílopes. Nadie lo recordaría. La señora Kropotkin estaba ida del mundo. Zenaida volaba en un jumbo de Iberia hacia Galicia. Pariente era un bohemio lo suficientemente belicoso para vivir sin amo, mucho más ahora que había desaparecido del vecindario aquel bonsai de leopardo que una noche por poco le arranca el ojo sano. José regresaría a la cárcel. El magro resumen de sus afectos lo entristeció aún más. "¡A la chingada!", dijo y saltó por la ventana. El vacío. Cayó en la trampa. *Caballo de la sabana, ¿por qué estás viejo y cansado?...* Ranas.

Ranas.

Ranas. Morante sabía que ese animal de rebaño era un hombre manso. Lo vio trotar por el foso del león y comprobó que la gran debilidad del campechano coincidía con su principal virtud: la inocencia. Él no soportaba a los inocentes. Lo dejó atravesar el traspatio de la cebra y bordear el pantano de los cocodrilos. Subió al helicóptero de La Guardia y sugirió a Salomón Carey que alzara vuelo. Morante conocía el oficio. Le tembló el párpado. "Creo saber dónde está nuestro hombre, sargento", dijo. Lorenzo nunca se enteró de que fue por el rastro de su dolor que los cazadores encontraron a los fugitivos. Corría por la calle, a contracorriente de una manada de bayaderas cariocas. María Callas, Andy Warhol y la Madre Teresa de Calcuta jugaban al tiro al blanco en un cuchitril de la feria. *Mamá, yo quiero saber de dónde son los cantantes...*

Son de la loma... "Cuando vayas a decir sí, niégate, si mueres de sueño, desvélate, si te da hambre, chupa naranjas. Todo lo que ansíes, será en tu contra", había dicho Perucho en el Asilo Masónico. Recostado a la cabecera de la cama, José se olía los dedos. No estaba muy satisfecho de su comportamiento en el ring. Sus puntos de referencia eran inexactos: veintiséis besos robados en la oscura sala de un cine. Tiempo de amar. Tiempo de morir. Cada experiencia trae marcada su hora y su momento. La vida tiene estatutos. Había vuelto de un sueño y aún seguía soñando. Los perfumes del sexo perduran en la piel. José presumió que se había venido antes de la campana, quedando "peor que un mocoso" en su primera hombría. Tampoco le angustiaba demasiado. Camila se iría a Berlín y él no se lo impediría. ¿Para qué? Se abotonaría el uniforme de limpiador de traseros de monos, se encasquetaría hasta las cejas la gorra de Lorenzo y volvería al zoo. Un día cualquiera del 2000, tal vez, cómo no, huiría del parque. No pensaría en otra cosa. Escapar. Fugarse. Escapar. Pirarse. Pero no esa noche. Esa noche acabaría según lo acordado. Más que la carne, más que el sexo, más que una mujer, más que una desbordante euforia, le alimentaba haber disfrutado aquellas horas de carnaval. La tentación verdadera había sido la tentación de la libertad. Ahora, ¿cómo vivir sin ella? La fiesta dejaba una singular alegría. *¡Ay!, cariño, yo tengo un pecado nuevo que quiero estrenar contigo, beber el llanto de tus ojos...* "¿Y si bajamos y nos tomamos un café por ahí?", dijo José. Camila contuvo la risa. El helicóptero de La Guardia se posó sobre el edificio de la señora Kropotkin. A la voz del sargento Carey, los agentes del comando se desplegaron por el techo en formación de combate. Morante buscó acomodo en el reborde de la azotea para encentrar a José en la mira telescópica del rifle, ahora cargado con balas trazadoras. El duelo, quinto entre ellos, sería a muerte. Había vencido al cubano en sus tres fugas de la cárcel, y lo volvió a derrotar el domingo del atentado. Lástima que esa noche de carnavales su rival no pudiera defenderse. Hasta ese momento, José llevaba cierta ventaja, reconoció Morante: pudo huir del parque, llegó al cuarto de Lorenzo, se acostó con Camila, y todavía lo dejó en ridículo ante su viejo profesor Salomón Carey. ¿Qué estaría pensando Regla? ¿Sabría la noticia? ¿Qué diría después? Después. Él después vería. Chavela Vargas cantaba a José Alfredo Jiménez: *Y si quieren saber de mi pasado, es preciso decir una mentira: les diré que llegué de un mundo raro, que no sé del dolor, que triunfé en el amor...*

Y que nunca he llorado... Junto al fogón de la cocina, Camila mordisqueaba la manzana. Los retozos dan hambre. "Soy pésima instructora", pensó, no sin cierta vanidad de signo negativo. Rara vez acostumbraba a admitir sus fallas. Siempre obtenía las mejores calificaciones. Los nervios jugaron una mala pasada. Debió seguir las recomendaciones de Zenaida y comerse crudo al cubano. El picapica, había dicho la mulata. Menos mal que sus manos pudieron, al fin, desatarse y explorar el territorio del novato, sin sometimiento. Ellas abrieron el camino. Lo encontraron. Habían iniciado el recorrido en la bahía de la boca, donde los dedos jugaron con sus labios, hasta mojarlos de ganas; luego descendieron la pampa del pecho, se detuvieron un par de segundos en los oasis del pezón izquierdo y el ombligo, hasta colgarse de la enorme verga que sobresalía en el barranco del bajo vientre: allí dejaron anidar al cuerpo, para entonces desbordado por la apetencia de sufrir las convulsiones de la felicidad. José parecía contento. *Qué te importa que te ame, si tú no me quieres ya...* Qué bien. El carnaval iba a terminar. También el plazo. *Si el amor que ya ha pasado no se puede recordar...* No era amor. No. Deseo. Bueno. Antojo. Solidaridad, para decirlo a la manera de la reina

Fagés. Salvaría su matrimonio. ¿Por qué no? ¿Por qué? *Fui la ilusión de tu vida, un día lejano ya, hoy represento el pasado...* En buena ley debía aceptar que era una mujer convencional, pareja de un hombre convencional, madre de tres hijas radiantes y convencionales, una bióloga de excelencia que vivía en un mundo tan convencional que un despropósito irreverente no lo iba a cambiar de la noche a la mañana. Dorremifasolasí. Silasolfamirredó. Extrañaba su casa. La seguridad. Los beneficios de un hogar estable, económicamente apuntalado por dos profesionales, en el sentido más profesional del vocablo. Para amar a José necesitaría tiempo y espacio, y apenas les quedaban unos minutos de encierro en aquel cuartucho que olía a pelusa de gato. ¿Y si se tomaba ese cafecito? Era una idea genial. Camila juró que, después del capuchino, se fumaría un cigarro hasta el filtro. Eso. Un Camel. Cinco centímetros de picadura negra. Veinte bocanadas de humo. José no ofrecía rendición sino paz. Había visto poco. "Vamos por ese café, que se nos termina la fiesta, pero debes saber algo, José, algo que no quiero llevarme a Berlín: eres un hombre adorable", dijo Camila. Un segundo antes de que Morante apretara el gatillo, ella le lanzó la manzana y José se estiró para atraparla. La almohada. Un rayo.

El disparo reventó la almohada. Los cuatro balazos siguientes fueron de impotencia. Los amantes agarraron sus ropas al vuelo y escaparon por la escalera de incendios. La señora Kropotkin se asomó al balcón: un hombre y una mujer corrían desnudos por la calle. "Adán y Eva, expulsados del paraíso", dijo la rusa e hizo una reverencia. ¡Bravo! ¡Hurra! La paja del cabello le picaba la nuca. Se quitó el chal como quien se deshace de una capa. Volvió al piano. Las medallas de los años le colgaban del pellejo. Los últimos minutos de sus ochenticuatro primaveras los imaginó en Moscú, danzando entre café y café, del brazo de Stravinski. —¡Igor! ¡Lolita! ¡Nabokov!—. Trotó por la sala. El chal se le había enredado en los tobillos. La anciana alzó los remos de los brazos. Los dedos atacaron el teclado. A sus pies una araña zurcía la delgada mantilla. Silasolfamirredó...

¡Cierre el piano, señora Kropotkin!

La ardilla despertó. El babuino despertó. El bonobo despertó. Había huido el animal más peligroso de la creación. José tiraba de Camila, que intentaba vestirse sobre la marcha. El saraguato despertó. Lorenzo encontró al gato en la escalera, peloteando el corcho de la champaña. Entró en el cuarto. Las plumas de la almohada revoloteaban en el aire. La cama destendida. Una manzana mordisqueada. La chimpancé despertó. "¡Escaparon, diosito!", exclamó Lorenzo y tomó la manzana. El cuarto olía a congal. El mandril despertó. En las afueras del bar donde Regla empezaba a mortificarse por la demora de Morante, los marchantes silbaron entusiastas cuando vieron pasar a dos locos desnudos por el camellón de la calzada, derribando potes de basura. El diablo de Tasmania despertó. El viejo Lara está en la jaula, pensó José: qué te estarán haciendo, qué. El leopardo despertó. Regla reconoció a su hermano. José. Pepe. Él. Regla dudó. Se fue del Dos Gatos Tuertos sin pagar la cuenta. Encendió el motor del auto. El búfalo despertó. El sargento Salomón Carey dirigía la caza desde el helicóptero y comunicaba instrucciones a las unidades en tierra. El quetzal despertó. El cerco se cerraba. "Vete a casa, Camila, corre, vuelve a casa", dijo el cubano y le ayudó a abrocharse la blusa. La tortuga despertó. Las carrozas. Candilejas. El león despertó. José y Camila corrían hacia el zoo. "¡Mis zapatos!", dijo ella. La jirafa despertó. Dorremi ... El dromedario despertó. El cerco se cerraba. El jaguar despertó. La cebra despertó. José había prometido regresar antes de las cinco de la mañana. Cumpliría. Palabra de cubano. "¡Me rindooo!", gritó José. El helicóptero trituró el grito en el molinete de las aspas. La serpiente de cascabel despertó. ¡Deje el piano, señora Kropotkin! Lorenzo cojeaba por los callejones de Santa

Fe. Le dolía el brazo muerto. "Híjole: ¡José! ¡José, no seas menso!", pregonó. El nombre rebotó de ventana en ventana y de pared en pared. El jabalí despertó. "Para qué chingaos quiero yo esta manzana", pensó Lorenzo. La guereza despertó. "Que las unidades se dirijan al zoo", ordenaba el sargento Salomón Carey. El cisne despertó. Regla conducía el coche por las calles. Las luces apagadas. El rabihorcado despertó. La mirlo despertó. A bordo del helicóptero, Morante seguía a los fugitivos por la mira telescópica. Cargó su rifle. Sostuvo la respiración. Disparó. La cotorra despertó. Camila alucinaba a sus hijas en los balcones. Mildred. El oso hormiguero despertó. Marcia. La cobra despertó. Malena. El cuervo despertó. Se escuchaban ráfagas, detonaciones distantes. "¡No chinguen!", exclamó Lorenzo. La frase chorreó en su boca sin dientes. Morante disparó. El elefante despertó. El panda despertó. Lorenzo clamaba: "¡Huyan, canijos, huyan, no vuelvan al zoológico!" La paloma despertó. Entonces, Lorenzo vio a sus amigos. El elefante despertó. "¡José! ¡Camila!", gritó. La caimana despertó. Lorenzo corrió hacia ellos. El tucán despertó. Morante volvió a disparar. El búho despertó. El animal que fuimos era cazado por la bestia rencorosa que hemos llegado a ser. La ternura perseguida por el odio. Había un hombre. Un hombre acosado. Un hombre en libertad. José iba a escalar el muro del parque. Se aferró a las rejas. Las rejas quemaban de frío. La luna, la vieja luna, recortaba su figura a contraluz: estaba de cuerpo entero, descamisado, abierto de piernas y de brazos como una equis humana. Miró hacia atrás: la ciudad en sus ojos. Morante disparó. Do...

Re...

Mi...

Fa...

Sol...

La...

La señora Kropotkin dejó de tocar el piano y se pellizcó los codos para lograr una punzada de dolor.

Quería sentir que aún estaba en este mundo. Luego se observó la palma de la mano. Las líneas de la vida, del amor y del destino habían desaparecido en la arena de la piel. El viento azotaba el cortinaje. Las velas se apagaron. ¡Vaya que iban a seguir llameando en aquel siberiano vendaval! La araña trepaba lentamente por su hebra de seda: tenía nido en la lámpara. Los relojes de cuerda echaron a andar al unísono y en sesenta segundos multiplicaron por doce las tres campanadas de la madrugada, en estridente concierto de badajos, contrapesos y ruedas dentadas: había llegado La Hora. Un acorde brutal asaltó la noche, como si un abedul hubiera sido derribado sobre el arpa —y la rusa se durmió igual que una niña en su pupitre—. El último corrientazo de los nervios alzó el ala de su brazo derecho en un movimiento ascendente y descendente de enorme delicadeza: el dedo índice picó una tecla: ¡Sí! Muerta ya, de salida el alma, la señora Kropotkin perdió la uña. El carnaval.

El carnaval había terminado. A unos quince metros de José, cuando iba a echar a correr hacia lugar seguro, Camila Novac tropezó y se dobló un tobillo. *¡Ay! de mí, Llorona, Llorona, Llorona, llévame al río...* Los reflectores del helicóptero la enmarcaron en un círculo de luz. Entonces, una sombra brincó en la noche. Una sombra en la pared. Una sombra alargada. Una sombra de luna. Una sombra ligera. *Tápame con tu rebozo, Llorona, porque me muero de frío...* La sombra de un ser humano. Pariente maullaba en los tejados. Tumbada en la acera, Camila cerró los ojos: Marcia, Mildred y Malena. Dos agentes del sargento Salomón Carey lanzaron una red. Morante disparó. Una manzana rodó por el asfalto. Así lo atraparon. Lo balearon, lo desmembraron, para que no quedara rastro de su ejemplo. El rugido de muerte se expandió por Santa Fe y llegó hasta el taller donde Menelao González cepillaba los tablones de una caja de cedro, y el desventurado carpintero del cuartel Moncada tuvo el presentimiento arrasador de que estaba alisando el ataúd de su hijo. Menelao salió al patio, achicado por las premoniciones, y se puso a patear el fango: "¡Taca-taca-taca-taca!", mascaba. También lo escucharon Perucho Carbonell en el Asilo Masónico y la pequeña Lulú en la cafetería de caminos, el padre Jordán que bajaba del campanario, y Max Mogan al apagar las luces de su casa. Y Juscelino Magalhaës, Peggy Olmedo, Ruy el Bachiller. Y los presos de la Cárcel Estatal, encerrados en ese otro zoológico de espantos. Y Regla al abrir la puerta del coche para rescatar a Camila. "¿Qué fue eso, carajo? ¡Oíste! ¿Dónde está mi hermano, dónde está José?" Regla gemía. Regla perdida. "No sé, no sé", dijo Camila. "¡Sube, rápido", ordenó la cubana y la jaló por la blusa: "¡Que subas, tú, esto se acabó!" Regla dejó a Camila en la parroquia de Anselmo. No cruzaron palabra al despedirse. Tampoco volvieron a verse, ni siquiera al saber el desenlace de aquel carnaval. Cuando los forenses armaron en la veterinaria los pedazos de la presa vencida, Morante y el sargento Salomón Carey descubrieron que José debía seguir vivo en alguna parte pues un inocente, un monigote, un ejemplar de rebaño, un cero a la izquierda, Lorenzo Lara, Larita, se había sacrificado en lugar de la única persona que le permitieron querer en este mundo. Porque nosotros no somos, no, un homo maravilloso que ríe o que llora, "sería tan simple" había dicho el campechano a la orilla del estanque: somos, sí, los únicos animales dispuestos a sufrir en lugar de un semejante. A morir por él, compañeros. *El vientre estaba deshecho, Llorona, y las piernas descosidas, diez plomazos en el pecho, Llorona, diez estrellas encendidas... La bala tenía otro nombre, Llorona, el nombre de un buen amigo. El enemigo de un hombre, Llorona, de todos es enemigo...* Un ventarrón dio capotazo y tres rabos de nube se trenzaron en un claro del parque, haciendo crujir los álamos. Tornaban los tornados. Era la ira. El zoológico se retorcía. Toldos. Cartelones. Pequeños, indefensos merenderos. Las mangas polvorientas borraron en tierra las pisadas y levantaron de cuajo la inmundicia. Ventolera. El más débil de los embudos se quebró pronto, pero los dos restantes extendieron sus conos sobre Santa Fe y peinaron, oblicuos, los altos rascacielos. Uno de ellos, el que más ventanas rompía, se quedó sin cuello entre los sauces llorones de la glorieta, donde luego los barrenderos encontrarían una estela de cristales molidos. El último remolino se estiró en el puerto: sacudía espigones y baqueteaba veleros, revolcando las aguas con su puño de aire, ahora aspirado por ese mar astuto que todo lo quiere, que nada perdona, mar de sargazos, mar de revanchas, mar de huesos, mar de nadie. A media milla de la costa, vació su carga sobre las olas y se deshizo en una lluvia de alacranes y sardinas. Las garzas y las torcazas, las oropéndolas y las avispas, las moscas y las águilas batían alas para adelantar cuanto antes la mañana. El rinoceronte trotaba, el búfalo mugía, el cervatillo saltaba, la vida seguía. Los gallos rara vez se equivocan: por el paseo de las jacarandas, empezaba a desvanecerse la neblina.

Epílogo

En el zoo de mi casa
mi madre es un oscuro cisne de tinieblas...

ANTONIO CONTE

Nunca se supo, o si se supo nadie lo dijo, qué fue de José González Alea. Algunos suponen que logró confundirse en la muchedumbre que salió a las calles al día siguiente, como si no hubiese sucedido nada grave aquella noche. Por un tiempo relativamente breve se especuló sobre la hipótesis de que aún estuviera entre nosotros, escondido en algún rincón del universo, pero pronto la ciudad retomó su pulso normal y enormes anuncios publicitarios empapelaron Santa Fe para promover las novedades del verano. El zoológico de Villa Vizcaya abrió sus puertas al redoble de la banda municipal; otros animales raros, rarísimos, se expusieron en las jaulas vacantes. También las cárceles se repletaron. Mendigos y vagabundos encontraron refugio bajo los arcos de los puentes y se liaron a golpes con los zombis y los locos que de noche pretendieron invadir la propiedad. Desde los espigones de la bahía, los barcos cruceros partieron en busca de nuevas aventuras. Decenas de bañistas tomaron el sol del Caribe en las arenas de Caracol Beach. Y las fábulas, las fábulas de siempre, se volvieron a contar —pero el hombre, una vez más, se olvidó del hombre.

FIN

Casa del Árbol, 1 de junio de 1999,
cumpleaños (15) de mi hija María José.

Anexo

Guía de personajes y animales de personajes

ANSELMO JORDÁN:	Andaluz. Párroco de Santa Fe. Confesor de la Cárcel Estatal. Amigo de José González Alea.
BERTA SYDENHAM:	Vendedora de periódicos. Amiga de José González Alea y de Lorenzo Lara.
BOBY CAMAGÜEY:	Cubano americano. Cantante y pailero. Acaba de grabar un disco de chachachá, homenaje al maestro Enrique Jorrín.
CAMILA NOVAC:	De Boston. Bióloga. Esposa de Max Mogan y madre de Malena, Marcia y Mildred. Prepara un estudio sobre la condición hermafrodita de las babosas comunes. Hoy vive en Stuttgart, al sur de Alemania.
DOROTHY FREI:	De Miami. También llamada la Pequeña Lulú. Trabaja de mesera en Bizcocho Coffee Shop. Fue novia de Wesley Cravan y, por doce o trece horas, de José.
GALO LAUTIER:	Martiniqueño. También llamado la Gata. Preso en la Cárcel Estatal. Amigo de José González Alea. Muerto en prisión, por enemistades con Lee Shelton.

GASTÓN PLACERES: De Jovellanos, Cuba. Decano de los presos de la cárcel. Yoruba. Se desconoce su actual paradero.

GIGI COL: De Tijuana. Bailarina del Luna Club. Amiga de Zenaida Fagés.

GUIDO GOLGI: Albanés. Se hace pasar por italiano. Chef del zoo.

JOSÉ GONZÁLEZ ALEA: Cubano. Hermano de Regla e hijo de Menelao y Rita. Aprendiz de carpintero. Preso en la Cárcel Estatal por la muerte de Wesley Cravan. Le decían Pepe Kid. Expuesto en el zoo de Santa Fe. Legalmente, desaparecido.

JUSCELINO MAGALHAËS: Brasileño. Director del zoo de Santa Fe. Esposo de Peggy Olmedo. Ecologista.

IAN HILL: De Florida. Gobernador.

LAURENT LA VACA: Neoyorquino. Portero del edificio donde vive Lorenzo Lara.

LEE SHELTON: De Kansas City. Peligroso reo. Rival de José González Alea y asesino de Galo Lautier.

LORENZO LARA: Mexicano. Nacido en Ciudad del Carmen, Campeche. Hijo de Margarito Lara. Trabaja en el zoo. Amigo de Zenaida Fagés, la señora Kropotkin y José González Alea. Muerto una noche de carnavales, en Santa Fe.

MALENA, MARCIA Y MILDRED: Hijas de Camila Novac y Max Mogan. Viven en Alemania.

MARGARITO LARA:	Nacido en Ciudad del Carmen, Campeche. Combativo líder sindicalista. Padre de Lorenzo. Trabajó en el zoo de Santa Fe hasta su muerte.
MARÍA CORONADO:	Matancera. Enfermera. Madre de Zenaida Fagés.
MAX MOGAN:	De California. Empresario y abogado. Esposo de Camila y padre de Malena, Marcia y Mildred. Presidía un despacho en Caracol Beach, donde también rentaba un departamento. Vive en Alemania.
MENELAO GONZÁLEZ:	De Santiago de Cuba. Padre de José y de Regla. Gran amigo de Perucho Carbonell. Fue carpintero del cuartel Moncada, entre mayo de 1953 y abril de 1954. Vive actualmente en el Asilo Masónico de Santa Fe.
MORANTE:	Norteamericano. Trabajó un tiempo en el crematorio del cementerio de Santa Fe, y fue guardia de la Cárcel Estatal. Velador del zoo. Padre de Langston. Alumno aventajado del sargento Salomón Carey. Ha fijado residencia en Los Ángeles.
OLGA AYALA:	Argentina. Madre de Camila. También llamada la señora Novac o Caporella o Filip.
OTTO HIGGIN:	Alcaide de la Cárcel Estatal. Un funcionario sin mucha gracia. Prologó el libro de Ruy el Bachiller.
PAVEL SULJA:	Escandinavo. Vecino de Lorenzo Lara y de Zenaida Fagés. Lector de Peter Landelius. Murió en 1999.

nato Nueva Viña. Atlética y laboriosa esposa del doctor Juscelino Magalhaës.

PERUCHO CARBONELL: Padrino de José. Ex preso político cubano, gran amigo de Menelao. Acompañó a la familia González en el viaje en balsa. Vive, ciego, en el Asilo Masónico de Santa Fe. Le gusta tejer.

REGLA GONZÁLEZ: Cubana. Hija de Menelao y Rita. Hermana de José. Madre de Isidro e Ivo. Dueña de la tienda La Bodeguita de Pepe. Novia de Morante. Vive en Santa Fe.

RITA ALEA: Bayamesa. Madre de José y de Regla. Manicuri. Aparece 12 segundos en la película *La muerte de un burócrata*, de Tomás Gutiérrez Alea. Murió de parto en 1966.

RUY EL BACHILLER: Español. Estafador. Ex preso de la Cárcel Estatal. Autor del publicitado libro *De hombre a hombre: José y yo.* Ed. Nueva Viña, 397 págs, 1999. Acaba de mudarse a Nueva York.

SALOMÓN CAREY: Santafecino. Sargento de Santa Fe. Fue profesor de Morante en la especialidad de "Búsqueda y captura".

SANDALIO BAEZA: Catalán. Homeópata. Vecino de Lorenzo Lara. Único amigo probable de Pavel Sulja.

SEÑORA KROPOTKIN: Rusa octogenaria. Viuda. Estudiaba, con dedicación, el primer año de piano. Devota de Nabokov. Conocida de Stravinski. Vecina y

	Conocida de Stravinski. Vecina y amiga de Zenaida Fagés y Lorenzo Lara. Murió el mismo día que el campechano, de infarto.
SPENCER LUND:	Neoyorquino. Abogado de oficio. Defendió a José, sin fortuna, durante el juicio por el asesinato de Wesley Cravan. Murió a principios de 1999, en el Hospital El Sagrado Corazón de Santa Fe.
TIGRAN ANDROSIAN:	Armenio. Confeccionó el vestuario de José. Le dicen el Temible, una broma que a él no le gusta desmentir.
WESLEY CRAVAN:	Santafecino. Futbolista americano. Fue novio de Dorothy Frei. Muerto por José González Alea la noche del 13 de febrero de 1983, víspera de San Valentín.
ZENAIDA FAGÉS:	Matancera. Bailarina del Luna Club. Abandonó Cuba en 1980, luego de pedir refugio en la Embajada de Perú, en La Habana. Vecina y amiga de Lorenzo Lara y la señora Kropotkin. Actualmente imparte clases de aritmética en Santiago de Compostela.

De otros personajes y figurantes

CABEZARRAPADA:	Extremista xenófobo. Muere al atentar contra José González Alea.
CARMENZA:	Ramera de Mérida, amiga de Margarito Lara.
ESPERANZA:	Niña mongólica, extraviada en el zoo de Santa Fe.
EQUIS:	Anónimo oficinista de la Cárcel Estatal.
ISIDRO E IVO:	Hijos de Regla González Alea.
LANGSTON:	Hijo de Morante y alumno del Instituto Emerson; en 1999 ganó la Beca Tom Chávez al mérito deportivo.
LAZTLO FILIP:	Checo, novio de la señora Caporella.
LOS MARTÍNEZ:	Vecinos de María Coronado en Matanzas, Cuba.
REFUGIO CUNÍ:	Villaclareña, cantante y directora artística de La Dulce Colmena, el grupo musical que anima el Luna Club.
SAM RAMOS:	Puertorriqueño, amigo de Gigi y exaguacil de Caracol Beach; suegro, por cierto, de Tigran el Temible.

THEO UZCANGA: Poeta guatemalteco. Asmático. Fue novio de Camila Novac en la preparatoria de Santa Fe. Autor de los cuadernos *Algo había que hacer con el impresentable minotauro*, Premio Gabino Palma, 1997, y *Un barco que se aleja: coplas veracruzanas*, 1998.

De algunos animales

CUCO: Orangután del zoo, nacido en cautiverio.

MARIJÓ: Cabra del zoo.

PARIENTE: Gato de Lorenzo Lara.

PHEFÉ: Ardilla del zoo.

SILVIA: Cabra del zoo.

De otros animales del zoo
(No mencionados por sus nombres en el libro)

- Adrián el tántalo.
- Alex el puma.
- Álvaro el leopardo.
- Anabel la cobra.
- Aramís el lobo de San Luis.
- Bella la jirafa bella.
- Constante el elefante.
- Charín la llama.
- Daína la salangana.
- Dalton el tamarino americano.
- Deborah la guereza blanca.
- Diego el león.
- Eliseo el quelonio de la isla Borbón.
- Gerardo el búho.
- Ismael el delfín.
- Iván el babuino.
- Jasai la pantera.
- Jesús el cebú.
- Joaquín el hipocampo.
- Jorge el saraguato bonvivant.
- José María el verderón.
- Juan la iguana.
- Lorena y Lorenza, dos gacelas.
- Llanes el pecarí.
- María Elena la lince.

- Maria Luisa la caimana.
- Mariluz la cebra.
- Marta la marta.
- Mini la osa.
- Orieta la tigresa.
- Paty la cigüeña.
- Paula la codorniz.
- Rafa el jabalí.
- Rodrigo el búfalo.
- Rosalba la garza.
- Rosalinda la foca.
- Sergio el caballo.
- Valeria y Claudio, la pareja de oropéndolas.
- Wendy la ardilla rosada.
- Yani la paloma

—entre otras criaturas entrañables.

La fábula de José se terminó de imprimir en febrero de 2000, en Litográfica Ingramex, S.A. de C.V. Centeno 162, Col. Granjas Esmeralda, C.P. 09810, México D.F. Composición tipográfica: Enrique Hernández. Cuidado de la edición: Freja I. Cervantes, Astrid Velasco y Rodrigo Fernández de Gortari.